思想史視野中的「娜拉」

# 五四前後的女性解放話語

張春田 著

自　序

# 通過「娜拉」重探「五四」

　　作為五四啟蒙話語實踐的重要組成部分，個性解放與女性解放，對於中國現代思想文化有著非同尋常的意義。而挪威作家易卜生（Henrik Ibsen, 1828-1906）及其筆下「娜拉」（Nora）形象的被譯介到中國，在五四前後發揮了特殊的推動作用。在中國新文學尤其是現代戲劇的創制中，也有重要價值。無論在中國現代思想史還是中國現代文學史中，「娜拉」都是一個無法繞開的存在。本書從思想史與文學史的視野去討論「娜拉」對於五四乃至整個現代文化想像的意義。

　　本書追蹤和重構「娜拉」跨語際進入中國，被傳播、被言說、被模仿的歷史與文化語境。在此基礎上，考察圍繞「娜拉」的女性解放和個人主義話語的展開過程，「娜拉」譜系在不同話語場域與文類形式中的嬗變情況及其社會文化內涵，分析它們如何受到現實環境、性別差異、對話機制的影響與制約，探討作為話語實踐的「娜拉」故事與現代民族國家建構之間的內在關聯。

　　第一章，首先梳理易卜生在1910-20年代被翻譯到中國的情況。一系列紙面的知識生產和舞臺的話劇表演，逐漸建構了易卜生在現代中國的獨特位置。接著討論五四時期促使「易卜生熱」生發的歷史語境。從思想革命、戲劇改良、寫實主義等角度，揭示選擇易卜生的文化邏輯。易卜生能夠被五四知識者選擇作為文化資源，因為

他正好契合了五四文化精英們的期待視野，提供了他們能引以為用的象徵資本。「易卜生熱」是五四的知識／權力機制的具體體現。最後分析《玩偶之家》（*A Doll's House*）在跨語際過程中的翻譯的政治和接受的可能，試圖回答「娜拉」成為文化偶像的原因。在五四啟蒙話語中，《玩偶之家》反思現代性的面相，被對於現代性的渴望與設計所遮蔽並且替代了。

第二章，討論五四啟蒙語境中的「娜拉」闡釋，並延伸至知識者關於女性解放的反應，藉此把握五四啟蒙話語的主導傾向及其內在縫隙。「娜拉」成為社會話題，與《新青年》所創造的輿論空間密不可分。第一節回到《新青年》現場，論述女性解放話語在《新青年》中的展開情況。女子問題與對家庭—宗法制度的全面批判有著密切關係，這構成了中國女性解放話語興起的特殊背景。第二節聚焦於胡適（1891-1962）的〈易卜生主義〉，具體分析女性解放與個性解放是如何「接合」到一起的。「易卜生主義」是「逆女」與「逆子」結成同盟的標誌。女性解放話語被啟蒙的宏大敘事所整合並分享，事實上造成了某種「去性別化」的效果，遮蔽了女性自身的性別意識和自覺。第三節圍繞現實中的幾個「娜拉事件」，討論知識份子們在女性解放問題上的態度和觀點。知識份子們開創了一個言說和討論女性問題的公共空間，並且在話語實踐中，參與了理想性「新女性」的創造。在交響喧嘩的多重聲音中，知識群體的分歧和啟蒙的內在裂隙也日漸顯現出來。第四節關注「娜拉型」話劇。作為中國化的「娜拉」的文學再現，它們組成了中國的「娜拉」譜系。「出走」在「形式的意識形態」層面的意義，是解讀的重點。「田亞梅」們的「出走」，表徵出作為女性解放運動「引路人」的男性知識份子們的

現代想像與性別焦慮。

　　第三章主要論述五四高潮過去以後的1920年代裡，知識份子和大眾媒體對於「娜拉」的進一步闡釋和女性解放的繼續追問。第一節關注魯迅（1881-1936）。魯迅提出「娜拉走後怎樣」的問題，顯示了他與主導的啟蒙話語之間的區別。借助於言說「娜拉」，魯迅反思了啟蒙思路在中國改造方式上的樂觀想像，而《傷逝》中的愛情滅亡之路也對於啟蒙理性構成了深刻拷問。正是意識到改造的極端困難，難以相信簡單的進化思路和群眾崇拜，魯迅才選擇「深沉的韌性的戰鬥」。第二節討論周作人（1885-1967）在女性解放問題上特殊的倫理關懷。周作人以一種曲折的方式，介入到「娜拉」道路的爭論中。從「女人的發見」到「為女的自覺」，周作人始終強調女性自身的主體地位和內在自覺。他為自己的定位是「火炬」的傳遞者而非「解放者」。第三節以《婦女雜誌》的變化為例，從「第四階級女子問題」的提出，透析女性解放話語本身的流變播遷，即逐漸從五四的個性解放話語體系中脫落和分離，開始和無產階級革命動員重新「接合」。第四節分析由闖入文學創作領域的「娜拉」們自己講述的「娜拉」故事。她們的性別書寫打破了男性作為敘述者的絕對主體性，發聲於五四女性解放話語之外。無論是周氏兄弟、眾多女性作家，還是《婦女雜誌》的作者們，他們關於女性解放的討論，都直接或間接地加入到了「中國如何現代」的文化想像之中。

　　結語部分簡述了「娜拉」故事在1920年代以後的一些「續集」。標誌個人覺醒的「娜拉」，被收編入整一的國族敘事，最終作為左翼革命動員的象徵，昭示走向工農大眾的道路。這種轉變看似激烈，實際上從一開始就埋下了伏筆。作為「民族寓言」的「娜

拉」故事，極為深刻地揭示了現代中國民族國家建構中的主體詢喚
機制，與此同時，也發出了質疑和批判之聲。可以說，「娜拉」問
題所指向的正是「中國現代」的多重難題性。

# 目　次

# 導 論

# 「娜拉」與五四現代文化想像

　　作為五四啟蒙話語實踐的重要組成部分[1]，個性解放與女性解放，對於中國現代思想文化有著非同尋常的意義。而挪威作家易卜生及其筆下「娜拉」形象的被譯介到中國，在五四前後發揮了特殊的推動作用。早在1925年，茅盾（1896-1981）就對此深有感觸，他這樣論述易卜生的影響：

---

[1]　「五四」作為思想史與文學史研究中的斷代詞，近來受到了不少批評。比如賀麥曉（Michel Hockx）就主張告別「五四文學」這個概念（據其2007年4月13日在北大中文系所作演講「文學史斷代與知識生產」）。在論文中，我仍然使用「五四」來指稱從1910年代中期《青年雜誌》創刊，到1920年代中期的「科玄論爭」之間的歷史時段，也依然堅持以「五四」作為這段時期思想文化狀況總稱的可行性，比如Chow Tse-tsung, *The May Fourth Movement: Intellectual Revolution in Modern China, 1915-1924* (Cambridge, Mass.: Harvard University Press, 1963); Vera Schwarcz, *The Chinese Enlightenment: Intellectuals and the Legacy of the May Fourth Movement of 1919* (Berkeley: University of California Press, 1990)。但是，五四「主聲部」和「眾聲喧嘩」的緊張關係，也是我關心的問題。張灝的〈重訪五四──論五四思想的兩歧性〉（原載《開放時代》1999年三、四月號，收入氏著《幽暗意識與民主傳統》，北京：新星出版社，2006年），為關於五四複雜性的討論提供了很好的起點。而在一戰之後的世界背景中看待「五四新文化運動」的興起，參見汪暉：〈文化與政治的變奏──戰爭、革命與1910年代的「思想戰」〉，《中國社會科學》2009年第4期。

易卜生和我國近年來震動全國的「新文化運動」是有一種非
同等閒的關係,六七年前,《新青年》出「易卜生專號」,
曾把這位北歐大文學家作為文學革命、婦女解放、反抗傳統
思想……等等新運動的象徵。那時候易卜生,這個名兒縈繞
於青年的胸中,傳述於青年的口頭,不亞於今日之下的馬克
思和列寧。總而言之,易卜生在中國是經過一次大吹大擂的
介紹的。[2]

而陳望道(1891-1977)在1926年也論及這股文藝風潮的影響:

易卜生底《娜拉》、《群鬼》等關於偶像破壞的文藝,當時
也多輸入進來。凡自稱為覺醒分子的,不論女子或男子,可
說沒有一個人不曾在這等文藝的及非文藝的——即當時所謂
新文化的文字上注目,留心,乃至筆述,口說。投入潮流游
泳的數目之多,為有史以來所少見。[3]

的確,在1918年6月《新青年》雜誌推出精心設計的「易卜生專
號」,刊載胡適與還是北大學生的羅家倫(1897-1969)合譯的《娜
拉》(即《玩偶之家》)三幕劇以及胡適撰寫的〈易卜生主義〉等
文之後,那個「砰的一響」的關大門聲極大震動了當時中國的知識
青年。娜拉毅然離家出走的影子迅速風行全國,成為了集中多重含

---

[2]  沈雁冰(茅盾):〈譚譚《傀儡之家》〉,《文學週報》第176期,第
    38頁,1925年6月7日。
[3]  陳望道:〈中國女子底覺醒〉,《新女性》第1卷第9號,1926年,第
    639頁。

義的精神楷模與典範。藉由這個典範，五四知識份子找到了思想啟
蒙的興奮點和「人的發現」的突破口；女性解放的討論在各種大眾
媒體中進一步展開。很多女青年也以娜拉為榜樣，為自己掙脫家庭
鎖鏈的行動辯護，「到處有人在家庭裡真的做了『娜拉』」[4]。

在中國的接受語境中，「娜拉」負載了女性解放與個人主義的
雙重訴求，同時與反抗禮教、重估傳統、倫理重建、社會流動、自
由戀愛、現代日常生活等有效地關聯起來，從一個側面呈現出五四
啟蒙的「全息圖像」。知識份子借助於「娜拉」故事，自傳式地
講述了他們從傳統的家庭—宗族共同體中走出，尋找自由空間的經
歷。既確證了選擇的合法性，又表達了他們在世俗生活上的文化和
倫理立場，以及對於國家—社會的合理化設計。所以，「娜拉」的
出走不僅指示著個人出路的安排，還牽涉到現代民族國家建構過程
中的詢喚（interpellation）機制[5]。

但是，五四思想文化運動並不是單質的鐵板一塊。「態度的
同一性」下面[6]，隱藏著知識份子們思路上的內在分歧。表現在
「娜拉」的闡釋與更普遍的女性解放問題的探討上，胡適、陳獨秀
（1879-1942）、李大釗（1889-1927）、魯迅、周作人、茅盾等人

---

[4] 碧遙：〈廿四年來中國婦女運動走過的路程〉，《婦女生活》第1卷第4
期，1935年10月1日。

[5] 「詢喚」是路易·阿爾都塞（Louis Althusser）關於意識形態的傑出洞
見。他提出，意識形態的功能在於把具體的個人呼喚（hail）或傳喚
（interpellate）為具體的主體。參見〈意識形態與意識形態國家機器（研
究筆記）〉，載陳越編，《哲學與政治：阿爾都塞讀本》，第320-375
頁，長春：吉林人民出版社，2003年。

[6] 關於「態度的同一性」的解說，參見汪暉：〈預言與危機：中國現代思
想中的五四運動〉，《文學評論》1989年第3-4期。汪暉認為，「五四」啟
蒙運動在提出它的一系列基本命題的時候，已經存在自我瓦解的因素。

的關注重心和目標，就並不完全一致；在《新青年》、《婦女雜誌》、《小說月報》等媒體上，也是不同音調交響喧嘩，暴露出五四思想的多重面相性和多重方向性[7]。五四以後，隨著歷史狀況的變化與知識群體的分化，知識份子取向的差異更加凸顯出來。他們繼續介入關於「娜拉」的徵引和討論，不斷進行著再解釋和再塑造。「娜拉走後怎樣」的追問，把女性解放問題帶入到一個更為廣闊、也更充滿爭辯性的空間裡。五四啟蒙的主導論述，這時受到了很多反省和質疑。從1920年代後期開始，在社會動員中，「娜拉」的喻義／寓意經歷了微妙然而重要的偏移和轉變。這種變化表徵出意識形態霸權的爭奪及其實現。

　　與五四啟蒙運動相伴而生的，是文學革命與中國新文學的發軔。在中國新文學尤其是現代戲劇的創制中，易卜生和「娜拉」也有著突出的價值。熊佛西（1900-1965）曾特別指出：「五四運動以後，易卜生對於中國的新思想、新戲劇的影響甚大，他對於中國文藝界的影響不亞於托爾斯泰、高爾基，尤其對於戲劇界影響至深。我敢說：今日從事戲劇工作的人，幾乎無人不或多或少受他影響。」[8]這種影響在戲劇界是如此全面而深入，以至於洪深（1894-1955）在編纂《中國新文學大系・戲劇集》時，發出一番「影響的焦慮」的感慨：「在創作方面，有若干的作家，不僅是把易卜生劇

---

[7]　余英時指出五四是多重面相的（multidimensional），也是多重方向的（multidirectional）。參見〈文藝復興乎？啟蒙運動乎？——一個史學家對五四運動的反思〉，收入氏著《文化評論與中國情懷》（上），第167-188頁，桂林：廣西師範大學出版社，2006年。

[8]　熊佛西：〈論易卜生〉，《文潮月刊》第4卷第5期，1948年8月1日，上海文潮社。

中的思想，甚而連故事講出的形式，一齊都模仿了。」[9]從1919年胡適的《終身大事》開始，中國化的「娜拉型」劇作相繼湧現，熊佛西、侯曜（1903-1942）、郭沫若（1892-1978）、歐陽予倩（1889-1962）、白薇（1894-1987）、陳大悲（1887-1944）、曹禺（1910-1996）、夏衍（1900-1995）等都曾以劇作參與到「娜拉」文學譜系的構建之中。《玩偶之家》所開啟的「社會問題劇」，為現實主義戲劇風格的生成奠定了基礎。在1930年代又繼續為左翼話劇運動所借重，進而影響到20世紀中國話劇的主導走向。《玩偶之家》不斷被各種劇團搬上話劇舞臺，經久不衰。到1935年出現了一個演出高峰，這一年甚至被稱為「娜拉年」。

不僅如此，「娜拉」模式還越出戲劇文類範疇，在主題類型與敘事動力上，影響到新文學早期的小說創作。魯迅、茅盾、郭沫若，以及一批逐漸崛起的女性作家（如廬隱（1898-1934）、白薇、馮沅君（1900-1974）、丁玲（1904-1986）等——她們其實就是進入寫作領域的「娜拉」），都曾書寫過這一主題，出現了一大批圍繞女性解放、愛情與家庭問題展開的「娜拉型」小說。「娜拉出走」的母題在小說中以多樣的方式，被重新表述與辯證[10]。「娜拉型」戲劇和小說，正好與關於「娜拉」的思想、知識論述構成了潛在的對話。凝定於文學文本中的情感和經驗結構，男女作者性別書寫的差異，表層性別主張與深層性別意識之間的分裂，對新女性困

---

9　洪深：〈導言〉，《中國新文學大系·戲劇集》，第20頁，上海良友圖書印刷公司1935年初版，上海：上海文藝出版社，2003年影印版。

10　張學美較為系統地討論了中國現代文學中的「娜拉主題」（the Nora theme）。Shuei-may Chang, *Casting off the Shackles of Famliy: Ibsen's Nora Figure in Modern Chinese Literature, 1918-1942* (New York:Peter Lang Publishing,Inc., 2004).

境的表現，等等，都極大拓展了女性解放的意義空間；並且為「中國如何現代」的問題，貢獻出豐富而獨特的文化想像。

由此可見，無論在中國現代思想史還是中國現代文學史中，「娜拉」都是一個無法繞開的存在，是一個值得關注的「關鍵詞」。從思想史與文學史的視野去討論「娜拉」對於五四乃至整個現代文化想像的意義，正是本書所要處理的問題。「娜拉」打上引號，意在兼及人物形象（figure）和文化符號（sign）兩個層面。本書既要梳理易卜生《玩偶之家》在中國的實際接受情況；又要分析「娜拉」鏡像所代表／表徵的女性解放話語在五四前後的流變播遷。限於本書的研究時段大致在1910年代中期至1920年代中後期，暫時放棄處理此後「娜拉」的轉義問題。

長期以來，或許因為學院專業分工的緣故，文學史與思想史研究似乎涇渭分明。在以往關於「娜拉」的研究中，思想史的維度相對缺失，沒有得到應有重視[11]。很多從文學角度進行的研究，採取

---

[11] 關於「娜拉」與中國的問題，英語世界的相關研究著作，主要有Paul Vance Hyndman, *Ibsenism in China* (1968); Elizabeth Eide, *China's Ibsen: From Ibsen to Ibsenism* (London:Curzon, 1987); Kwok-kan Tam, *Ibsen in China 1908-1997: A Critical Annotated Bibliography of Criticism, Translation and Performance* (New York: Columbia University Press, 2001)；以及前所提及Shuei-may Chang, *Casting off the Shackles of Famliy: Ibsen's Nora Figure in Modern Chinese Literature, 1918-1942* (2004)。相關研究評述，參見許慧琦，〈書評：Shuei-may Chang, *Casting off the Shackles of Famliy: Ibsen's Nora Figure in Modern Chinese Literature, 1918-1942*〉，《中央研究院近代史研究所集刊》，第53期（2006年9月），第241-248頁。中文世界研究的代表性著作有兩本，一本是陳惇、劉洪濤編《現實主義批判：易卜生在中國》（南昌：江西高校出版社，2009年），收入了大量知識份子關於娜拉的介紹與論述，以及相關論爭文章和序跋；另一本是許慧琦的《「娜拉」在中國：新女性形象的塑造及其演變，1900s-1930s》（臺北：國立政治大學歷史系，2003年），從歷史

的是「影響研究」或「平行研究」的方式[12]。這樣的研究固然有其價值，然而，單一視角的一再重複，導致不少研究往往陳陳相因。即使在文學研究領域，對「娜拉型」文本的細緻解讀（尤其是「寓言化」的讀法）還遠遠不夠。何況，「娜拉」在當時媒體（如《新青年》、《婦女雜誌》）中是如何被呈現的？女性解放話語怎樣借重於「娜拉」的傳播而推廣？「娜拉」闡釋與啟蒙論述、社會動員的訴求之間的關係，以及這背後所牽涉到的個人主義與民族主義建構之間的緊張與互動，諸如此類的問題淹沒不彰，罕有論及。

　　現代中國的「娜拉」故事，絕不是一個單純的文學問題。如果忽視了文學實踐的歷史性（historicity），抽去了文本所處的歷史時空與思想背景，就難以完整描述和揭示「娜拉」的複雜性，難以借此體察和勘探中國的現代經驗。本書希望超越單純的文學史研究框架，通過引入知識份子的思想論述和大眾媒體的具體狀況，在

---

　學的角度發掘大量報刊資料中的娜拉及女性解放話題，透析新女性形象在現代中國的變遷。

[12] 目之所及的這類成果中，值得注意的有：易新農、陳平原的〈《玩偶之家》在中國的迴響〉（《中山大學學報（哲學社會科學版）》，1984年第2期），這是較早研究《玩偶之家》在中國接受情況的論文。王忠祥的〈中國接受易卜生及其劇作史跡〉，從總體上考察了易卜生在中國的接受；何成洲的〈劇詩：易卜生和中國話劇〉發掘易卜生劇作中的詩性，並將曹禺、田漢與之進行平行比較；陳愛敏的〈中國「娜拉」形象觀照〉討論了現當代文學中子君、莎菲等形象。以上三文均收王寧編，《易卜生與現代性：西方與中國》，天津：百花文藝出版社，2001年。趙冬梅的〈被譯介、被模仿、被言說的「娜拉」〉從比較文學研究的角度探討了「娜拉」的中國接受，認為被譯介到中國的伊始，「一個原本是易卜生『問題劇』中的文學形象也就必然會被賦予或承擔更多的社會內容」；邵錦娣的〈《傷逝》與《玩偶之家》：映照中的闡發〉比較了這兩部作品的近似。以上兩文收王寧、孫建主編，《易卜生與中國：走向一種美學建構》，天津：天津人民出版社，2004年。

思想史與文學史視野之間建立關聯，尋找一種揭示其互動關係的可能。本書以接近「深描法」（thick description）的方式[13]，追蹤和重構「娜拉」跨語際進入中國，被傳播、被言說、被模仿的歷史與文化語境。在此基礎上，考察「娜拉」譜系在不同話語場域與文類形式中的展開過程、嬗變情況及其社會文化內涵。一系列的問題隨之而至，比如：「娜拉」形象為什麼能夠成為五四女性解放的楷模？五四前後，有關「娜拉」的符號、表述、修辭、事件、輿論等因素，是如何相互作用的？「娜拉」問題跟知識份子的現實焦慮有怎樣的關係？在「新女性」的理想性創造中，作為「引路人」的男性啟蒙思想家們有什麼不同設計？這又寄寓了他們在啟蒙問題上的哪些分歧？女性解放話語如何受到現實環境、性別差異、對話機制的影響與制約？如何理解關於「娜拉」的文學表述中的經驗結構與性別書寫？作為話語實踐的「娜拉」故事，與現代民族國家和國族敘事的建構，到底有何內在關聯？

　　正如陳平原所言：「所謂『超越五四』，首先是深入理解五四那代人的歷史語境、政治立場、文化趣味以及學術思路。」[14]「娜拉」形象／符號以及圍繞「娜拉」的文化實踐提供了重新檢視五四現代文化想像的途徑和契機。重訪那一段「五四遺事」（借張愛玲

---

[13] 「深描法」是闡釋人類學的語彙。柯利弗德‧格爾茲（Clifford Geertz）認為，對意義之網的理解與把握，是進入一種文化的前提。而對意義的理解，必須站在該文化群體的立場上來進行，首先把握該群體成員自己的解釋，然後再對該文化體進行理解和解釋。深描不能和對象相分離，離開了它，就會變成一副空殼。參見氏著《文化的解釋》，韓莉譯，第3-39頁，南京：譯林出版社，1999年；《地方性知識——闡釋人類學論文集》，王海龍等譯，第70-92頁，北京：中央編譯出版社，2000年。

[14] 陳平原：〈導言　文本中見歷史，細節處顯精神〉，《觸摸歷史與進入五四》，第3頁，北京：北京大學出版社，2005年。

（1920-1995）一篇小說的題目）[15]，會有助於澄清單一的「五四敘述」，更深入地理解「五四」，透析中國現代道路中的複雜角力過程。通過對「五四」的再認識，以反省我們所處的時代及其思想困境，也是我的研究初衷。

---

[15] 張愛玲在作於1950年代的《五四遺事》中，把新女性還原為「謀愛」的女人。「三美團圓」的結局，顯然有對五四婚戀自由的反諷之意，有她對「大歷史」的看法存焉。

# 第一章　「娜拉」進入中國：
# 　　　　跨語際的文化偶像

> 新的人沒有一個不狂熱地喜愛他，也幾乎沒有一種報刊不談
> 論他，在中國婦女中出現了不少的娜拉。
>
> 　　　　　　　　　　——阿英：〈易卜生的作品在中國〉

> 但我想，也還因為Ibsen敢於攻擊社會，敢於攻擊多數。那時
> 的紹介者，恐怕頗有以孤軍而被包圍於舊壘中之感的罷。現
> 在細看墓碣，還可以覺到悲涼，然而意氣是壯盛的。
>
> 　　　　　　　　　——魯迅：〈《奔流》編校後記（三）〉

## 第一節　易卜生的被譯介

　　在中國近現代史上，許多西方文化思潮、觀念乃至詞彙進入
中文世界，首先經過了日本的中介。易卜生（Henrik Ibsen）的最
初傳入也不例外。19世紀晚期易卜生的劇作相繼被翻譯成多種文
字，在舞臺上頻繁上演，引起熱烈反響。他的聲譽漸漸波及日本。
最早在日本介紹易卜生的，是坪內逍遙（1895-1935）作於1892年
的短文〈亨利克‧易卜生〉。1893年開始，《玩偶之家》（*A Doll's
House*）、《國民公敵》（*An Enemy of the People*）等作的日譯本陸
續問世。1906年易卜生逝世後，日本文壇掀起了學習和研究易卜

生的熱潮。1906年9月，著名的《早稻田文學》推出「易卜生紀念
號」。1907年2月，柳田國男、岩野泡鳴、田山花袋、小山內薰、
島崎藤村等在東京成立了「易卜生會」（Ibusen Kai），每月討論他
的作品，成果連載於《新思潮》雜誌[1]。一時間，易卜生在日本知
識界影響甚大。1911年《娜拉》在日本首演，松井須磨子（Matsui
Sumako，1886-1919）飾演娜拉。

　　1902至1909年留學於日本的魯迅，正是在這個氛圍中與易卜生
相遇的。像對尼采（Friedrich Wilhelm Nietzsche，1844-1900）一樣，
魯迅對易卜生產生了強烈的興趣[2]。他研讀了易卜生的《國民公
敵》等劇本，以及關於他的評傳、論著，如勃蘭兌斯的《亨利克·
易卜生》、恩斯特的《亨利克·易卜生》和卡勒的《易卜生、比昂
松和他們的同時代人》等[3]。在寫於1907年的〈文化偏至論〉中，魯
迅大段鋪排，稱頌「極端之個人主義」，明確表示對「尼佉伊勃生

---

[1]　關於易卜生會，見葉渭源、唐月梅：《20世紀日本文學史》，第128-129
　　頁，青島：青島出版社，1999年。關於易卜生在20世紀初日本的傳播情
　　況，參見秦弓：〈易卜生熱──五四時期翻譯文學研究之二〉，《中國
　　社會科學院研究生院學報》2003年第4期。

[2]　尼采思想在日本明治時期迅速流行。日本知識界對於尼采思想的介紹以
　　及魯迅所受影響，頗為複雜。伊藤虎丸在〈魯迅早期的尼采觀與明治
　　文學〉、〈魯迅如何理解在日本流行的尼采思想〉等文中，詳細分析了
　　魯迅早期的尼采觀與日本知識界的關係。他認為魯迅接受的主要是「積
　　極的尼采」一面，並以尼采超人式個人主義為思想資源，確立了「個」
　　的自覺。收氏著《魯迅、創造社與日本書學──中日近現代比較文學初
　　探》，孫猛、徐江等譯，北京：北京大學出版社，2005年。在某種意義
　　上，魯迅是通過尼采的思想中介來理解和認同易卜生的。他在易卜生身
　　上投射了對尼采的吸收，使易卜生帶有了尼采的影子。

[3]　據陳漱渝主編《世紀之交的文化選擇──魯迅藏書研究》，第127頁，
　　長沙：湖南文藝出版社，1995年。

諸人」的欣賞。他把易卜生當作契開迦爾（Soren Aabye Kierkegaard，
1813-1855，通譯為克爾凱郭爾）哲學的詮釋者，評價頗高：

> 至丹麥哲人契開迦爾（S. Kierkegaard）則憤發疾呼，謂惟發
> 揮個性，為至高之道德，而顧瞻他事，胥無益焉。其後有顯
> 理伊勃生（Henrik Ibsen）見於文界，瑰才卓識，以契開迦爾
> 之詮釋者稱。其所著書，往往反社會民主之傾向，精力旁
> 注，則無間習慣信仰道德，苟有拘於虛而偏至者，無不加之
> 抵排。更睹近世人生，每託平等之名，實乃愈趨於惡濁，庸
> 凡涼薄，日益以深，頑愚之道行，偽詐之勢逞，而氣宇品
> 性，卓爾不群之士，乃反窮於草莽，辱於泥塗，個性之尊
> 嚴，人類之價值，將咸歸於無有，則常為慷慨激昂而不能自
> 已也。如其《民敵》（即《國民公敵》──引者）一書，謂
> 有人寶守真理，不阿世媚俗，而不見容於人群，狡獪之徒，
> 乃巍然獨為眾愚領袖，借多陵寡，植黨自私，於是戰鬥以
> 興，而其書亦止：社會之象，宛然具於是焉。[4]

魯迅特別看重易卜生「反社會民主之傾向」。《國民公敵》中斯
多克芒（Stockmann）醫生堅守真理卻不見容於人群的「社會之
象」，讓他印象至深。在〈摩羅詩力說〉中，他再度論及這種「個
人」與「眾數」，先覺者與世俗的對立：

---

[4]　魯迅：〈文化偏至論〉，原載《河南》第7號，1908年8月，後收入
　　《墳》。引文見《魯迅全集》第1卷，第51-52頁，北京：人民文學出版
　　社，1981年。

> 其（指拜倫，George Gordon Byron，1788-1824——引者）言
> 曰，磽确之區，吾儕奚獲耶？（中略）凡有事物，無不定以
> 習俗至謬之衡，所謂輿論，實具大力，而輿論則以昏黑蔽全
> 球也。此其所言，與近世諾威文人伊孛生（H. Ibsen）所見
> 合，伊氏生於近世，憤世俗之昏迷，悲真理之匿耀，假《社
> 會之敵》（即《國民公敵》——引者）以立言，使醫士斯托
> 克曼為全書主者，死守真理，以拒庸愚，終獲群敵之謚。自
> 既見放於地主，其子複受斥於學校，而終奮鬥，不為之搖。
> 末乃曰，吾又見真理矣。地球上至強之人，至獨立者也！其
> 處世之道如是。[5]

魯迅借引述斯多克芒之言，告白著自己的「處世之道」。他已把斯
多克芒的創造者易卜生，歸為和拜倫一樣，「立意在反抗，指歸在
動作，而為世所不甚愉悅」的「摩羅詩人」。魯迅盛讚他們，「無
不剛健不撓，抱誠守真；不取媚於群，以隨順舊俗；發為雄聲，以
起其國人之新生，而大其國於天下」，促成國人的「新生」。對包
括易卜生在內、奔放不羈的摩羅詩人的稱揚，隱含著魯迅文化復興
的期待，希望喚醒「精神界之戰士」，「破中國之蕭條」[6]。

　　而此時中國國內也有人注意到了易卜生。在魯迅論文發表的同
一年，一篇署名「仲遙」的文章，勾勒百年西洋學術文化輪廓時點
到易卜生的名字：「哪威近百年來之文學家凡二人，一伊布孫……

---

5　魯迅：〈摩羅詩力說〉，原載《河南》第2、3號，1908年2月、3月，後
　　收入《墳》。引文見《魯迅全集》第1卷，第79頁。
6　魯迅：〈摩羅詩力說〉，《魯迅全集》第1卷，第66、99、100頁。

伊氏為自然派之大家，其作含有一種之社會觀。」[7]該文強調易卜生的犀利眼光及劇作的寫實特徵，但是介紹太過簡略。直到七年之後的1914年，《俳優雜誌》創刊號上頁首有「伊蒲生君肖像」，中國戲劇界前驅陸鏡若（1885-1915）在雜誌上發表〈伊蒲生之劇〉，國內才有關於易卜生劇作的系統介紹。陸鏡若稱易卜生為「莎翁之勁敵」、「劇界革命之健將」，對易卜生五十歲之後創作的十一部劇本尤為推崇，認為「此實歐洲近世劇界最新之趨勢」[8]。1915年陳獨秀也在〈現代歐洲文藝史譚〉中，稱易卜生「刻畫個人自由意志」，將之與法國左拉（Emile Zola，1840-1902）、俄國列夫・托爾斯泰（1828-1910）並列為世界三大文豪[9]。

前提陸鏡若之欣賞易卜生，與他自己的戲劇實踐有很大關係。1906年李叔同（1880-1942）、曾孝谷（1873-1937）等發起的春柳社在東京成立，1908年陸鏡若加入春柳社，並作為骨幹參加了春柳社很多演出。留日期間他參加過坪內逍遙、島村抱月創辦的文藝協會，對易卜生發生興趣。陸鏡若回國後，於1912年初在上海起意成立「新劇同志會」，馬絳士、羅曼士、吳我尊、歐陽予倩等陸續加入。1914年新劇同志會在上海外灘謀得利小劇院掛出「春柳劇

---

[7] 仲遙：〈百年來西洋學術之回顧〉，《學報》第10號（1908年）。該文主要依據日人瀨川秀雄《西洋通史》相關章節。

[8] 參見鏡若口述、叔鸞達旨：〈伊蒲生之劇〉，《俳優雜誌》第一期，1914年9月20日，第4-6頁。十一部劇分別是《人形之家》（1879）、《亡魂》（1881）、《民眾之敵》（1882）、《鴨》（1884）、《羅思媚而思後姆》（1886）、《海上之美人》（1888）、《海答加蒲拉》（1890）、《棟樑》（1891）、《小哀約夫》（1894）、《約翰加布立兒布林克芒》（1896）、《復活之時》（1899），「以上諸作，稱為伊蒲生之社會劇」。

[9] 陳獨秀：〈現代歐洲文藝史譚〉，《青年雜誌》第1卷第3號，1915年11月。

場」的招牌。「當時《空谷蘭》之類最是賣錢,我們便演《迦英小傳》、《紅礁畫槳》一類的東西,究竟所謂穿插太少,終嫌冷淡。……至於《復活》、《娜拉》一類的作品格外不行。」[10]陸鏡若把易卜生的劇作搬上舞臺的理想,限於當時條件未能實現[11],但他對易卜生的熱情一直沒有減退[12]。

　　魯迅的兩篇論文刊發於留學生雜誌,讀者本來有限;而陸鏡若對易卜生的提倡,也未能落實為具體實踐。新文化運動之前,國人對於「易卜生」一名,可以說還相當陌生[13]。儘管宋春舫(1892-1938)從歐洲留學歸國後在北京大學首開「歐洲戲劇」課程,並

---

[10]　歐陽予倩:《自我演戲以來(1907-1928)》,第52-53頁,北京:中國戲劇出版社,1959年。

[11]　需要澄清一個流傳頗廣的誤解。不少文學史論文和著作,都認定《玩偶之家》一劇在中國舞臺上是由春柳社於1914年初演的。其依據應是阿英的〈易卜生的作品在中國〉,文中說:「到了1914年,中國話劇界的先進陸鏡若,在春柳社演出《玩偶之家》的日子裡,更以〈伊蒲生之劇〉為專題,發表論著於《俳優雜誌》創刊號上。」(《文藝報》1956年第17期,收《阿英文集》,香港:三聯書店,1979年,第667頁)此說不確。根據歐陽予倩的回憶:「當時鏡若很想演《娜拉》和《野鴨》,我就很想演《復活》和《莎樂美》,……我們只是想,想著就很高興的對坐著說說,始終沒有實現。一來我們沒有很堅強的決心;二來我們因為每天晚上要換新戲,弄得也實在沒有功夫;三來有許多人反對,以為那樣的東西太難懂了,演也是白演,怕費事不討好。」歐陽予倩回憶了春柳劇場上演的劇碼,「純粹的翻譯劇本,基本上照原作演出的只有三個:《熱血》、《茶花女》、《鳴不平》。根據外國劇本改變成中國戲的,有《猛回頭》、《社會鐘》、《不如歸》、《新不如舊》、《真假娘舅》、《老婆熱》、《異母兄弟》、《血蓑衣》等八九個」,其中並沒有《玩偶之家》。見《自我演戲以來(1907-1928)》,第67、68、182頁。

[12]　1915年夏天,他每天在西泠印社翻譯劇本,其中就包括易卜生的《海達・高布樂》,可惜猝然去世,所譯劇本最後也不知所蹤。

[13]　在接受史研究中,人們往往容易陷入「起源」迷思。事實上時間上最早,並不表示一種主導性的思想語境的形成。

稱「歐洲近世劇家當推易卜生Ibsen為鼻祖」,「沒後,其徒遍歐洲」[14];但這種傳播也僅限於戲劇的專業研究領域。

真正使得易卜生在新知識份子中廣為流傳,奠定了易卜生與現代中國聯繫的,還得算是1918年6月15日出版的《新青年》4卷6號。用胡適的話來說,就是「大吹大擂的把易卜生介紹到中國來」[15]。所謂「大吹大擂」,不僅指易卜生的幾部劇作同時被翻譯為中文發表,不僅指在這份風靡一時的名刊上首次集中介紹一個外國作家[16],也不僅指利用精心設計的「專號」形式來推動普及[17];更重要的,這次譯介兼有將易卜生經典化(canonization)的功能,確立了易卜生作為重要的思想、文化與文學資源的地位[18]。

這之後,「易卜生」成為媒體和出版界關注的熱點。重要的文化雜誌和報紙(如《新潮》、《小說月報》、《婦女雜誌》、《晨報》等)上不斷刊載譯作及相關介紹、徵引;而出版社也接連推出單行本或選集,其中一些不斷重版,銷量甚大。茲將易卜生作品在1910-20年代中國的翻譯情況,略述如下:

---

[14] 宋春舫:〈世界新劇譚〉,收《宋春舫論劇》第一集,第253-260頁,上海:中華書局,1923年。此文作於1916年9月。

[15] 胡適:〈易卜生主義〉,《新青年》4卷6號,1918年6月15日

[16] 胡適在〈《中國新文學大系·建設理論集》導言〉中論及「易卜生號」,不無自負地說:「這是我們第一次介紹西洋近代一個最有力量的文學家。」見《中國新文學大系·建設理論集》,第28頁,上海良友圖書印刷公司1935年初版,上海:上海文藝出版社,2003年影印版。

[17] 用青木正兒的說法:「那陣勢,是以胡將軍的〈易卜生主義〉為先鋒,胡適羅家倫共譯的《娜拉》(至第三幕),陶履恭的《國民之敵》和吳弱男的《小愛友夫》(各一幕)為中軍,袁振英的〈易卜生傳〉為殿軍,勇壯地出陣。」轉引自魯迅〈《奔流》編校後記(三)〉,《魯迅全集》第7卷,第163頁。

[18] 關於《新青年》與這種經典化過程,本書第二章會具體分析。

　　1915年6月,《小說月報》6卷6期的「雜俎」欄刊登了署名「樂水」的〈歐美名劇〉一文,對易卜生的《玩偶之家》(此處譯作《嬌妻》)有介紹。

　　1918年10月,陳嘏所譯《傀儡家庭》,作為「說部叢書」第三集第五十一編,由商務印書館出版,這是易卜生劇作的第一個中文單行本,一年後即再版。

　　1919年5月,《新潮》1卷5號上刊發了潘家洵(1896-1989)所譯《群鬼》。

　　1920年3月開始,《小說月報》連載了周瘦鵑(1895-1968)譯的《社會柱石》(見11卷3-8、10、12號),並於1921年10月編為「說部叢書」第四集第五編出版,書前有張舍我(1896-?)的〈社會柱石序〉。

　　1920年,楊熙初譯的《海上夫人》,作為「共學社文學叢書」之一,由商務印書館出版。

　　1921年8月,商務印書館出版了潘家洵譯、胡適校的《易卜生集》第一集,收入《娜拉》、《群鬼》、《國民公敵》,書前有譯者撰寫的〈易卜生傳〉,書後附錄了胡適的〈易卜生主義〉。1926年6月第4版。

　　1921年11月,毛文鐘、林紓(1852-1924)早在1881年合作譯寫的《梅孽》(即《群鬼》),由商務印書館列為「說部叢書」第四集第三編出版。

　　1922年,《婦女雜誌》第8卷2號、3號上,刊載了署名「幼童」所譯的《沛爾根》。

　　1923年1月5日至3月14日,《晨報副鐫》刊載了巫啟瑞譯的《少年同盟者》。

　　1923年6月《易卜生集》印行了第二集，仍是潘家洵譯、胡適校，收入《大匠》（即《建築師》）、《少年黨》。1929年，連同第一集一起收入萬有文庫，再版。

　　此外，譯本還有楊敬慈譯的《野鴨》（《晨報副刊》1924年2月11日至3月8日），劉伯量譯的《羅士馬莊》（北京誠學會1926年出版，上海學術研究會1930年重版），徐鶘荻譯的《野鴨》（上海現代書局1928年1月），潘家洵譯的《海得加勃勒》（《小說月報》19卷3、4、5號，1928年3至5月）與《我們死人再醒時》（《小說月報》20卷10、11、12號，1929年10至12月），林語堂（1895-1976）譯的《易卜生評傳及其情書》（收勃蘭兌斯（Georg Morris Cohen Brandes，1842-1927）〈易卜生傳〉和易卜生晚年書信12封，上海春潮書局1929年）等[19]。

　　1920年代以後翻譯和出版熱度依然不低。先後有潘家洵譯的《博克門》（載《小說月報》22卷9至12號，1931年9至12月），沈佩秋譯的《娜拉》（上海啟明書局1937年），孫熙譯的《社會棟樑》（商務印書館1938年4月）、《野鴨》（商務1938年7月）與《海姐》（即《海達・高布樂》，商務1939年），芳信譯的《傀儡家庭》與石靈譯的《鷹革爾夫人》（即《厄斯特羅特的英格夫人》，均收《易卜生戲劇全集》，上海金星書屋1941年8月），馬克譯的《總建築師》（1943年），鄔侶梅譯的《赫爾夫人傳》（即《海達・高布樂》，重慶文治出版社1945年），翟一我譯的《傀儡家庭》（南京世界出版社1947年），沈子復譯的《易卜生選集》

---

[19] 參考了英溪：〈易卜生劇作的早期中文譯介〉，《中國現代文學研究叢刊》2003年第2期。

（上海永祥印書館1948年6月），胡伯恩編譯的《娜拉》（新生命書局1948年）等[20]。

伴隨譯本的大量出現，關於易卜生的評論和研究日漸多了起來。1918年袁振英（1894-1979）的《易卜生傳》在香港出單行本，此書後來重版三次[21]，足見在當時的影響之大。1919年《晨報》「歐劇談片」欄目曾刊有〈易卜生之戲劇〉，稱易卜生戲劇「專寫實境，不為虛想」，並認為《玩偶之家》「為近世婦人問題之解決作先導也」[22]。1920年胡愈之（1896-1986）在〈近代文學上的寫實主義〉一文中指出《群鬼》一劇與生物遺傳學說的關係，並說：「易卜生的戲劇，因為能把上面的各種人生問題一一寫出，把現實社會的一切病症，細細的講出，所以於近代人心感動得很厲害。」[23]1920年7月陳望道發表〈妻的教育〉，引述易卜生的《傀儡家庭》，發揮對女子教育指導思想的一點質疑：「男子是人，女子也是人，誰配拿模型去鑄造女子，而且鑄造適於男子的女子呢？」[24]1920年瑟廬在《婦女雜誌》6卷10號上發表〈近代思想家的

---

[20] 英溪：〈三四十年代的易卜生翻譯〉，《中國現代文學研究叢刊》2003年第3期。

[21] 1920年廣州新學生社再版，1924年作為「實社叢書」三版，1928年香港受匡出版部出版四版。據袁振英〈《易卜生傳》新序〉，《易卜生傳》第四版，第3頁，香港：受匡出版部，1928年。袁振英，筆名震瀛、震英，曾為北大學生，1920年8月與人一起發起上海社會主義青年團，並協助陳獨秀編輯《新青年》，1921年前往法國學習，1924年回國後主要從事教育工作。

[22] 佚名：〈易卜生之戲劇〉，《晨報》第7版，1919年8月26至29日。

[23] 愈之：〈近代文學上的寫實主義〉，《東方雜誌》17卷1號，1920年1月。

[24] V. D.（陳望道）：〈妻的教育〉，原載《民國日報·覺悟》1920年7月29日，收《陳望道全集》第1卷，第13-14頁，上海：上海人民出版社，1979年。

性慾觀與戀愛觀〉，專設「易卜生的社會劇」一節。1922年10月余上沅（1897-1970）在系列劇作介紹〈過去二十二戲劇名家及其作品〉中，將易卜生放在壓軸位置：「戲劇的中興人物，最有勢力的當推伊卜生。一國戲劇的盛衰，全視其國民性的進退為準；所以十九世紀初年的戲劇盟主，法國便不能讓給德國，而國小如挪威，他竟能因國民性之堅強進步，遂產生世人奉為偶像的伊卜生。」[25]也在10月，《婦女雜誌》8卷4號「離婚問題號」上刊載了朔一的〈易卜生名劇「娜拉」本事〉，以敘事體改寫了《娜拉》。11月，《小說月報》13卷11期上刊登了Johan Bojer著、佩韋譯的〈挪威現代文學〉，以易卜生為介紹重點。1927年5月，袁振英所著《易卜生社會哲學》一書由上海泰東圖書局初版。

1928年正逢易卜生誕辰一百周年。《小說月報》19卷1號上刊登了魯迅翻譯的有島武郎的文章〈盧勃克和伊里納的後來〉，評論易卜生的《咱們死人醒來的時候》。雖然將3月號變成「易卜生誕辰百周年紀念專號」的初衷後來沒有實現[26]，不過，3月號上還

---

[25] 余上沅：〈「過去二十二戲劇名家及其作品」‧伊卜生與「傀儡之家」〉，《晨報副刊》1921年10月31日。

[26] 1927年12月18日葉聖陶給胡適寫信，專程向胡適約稿：「現在有一事向先生請求。明年三月，為易卜生百周歲紀念。《小說月報》擬刊載幾篇關於他的文字。先生介紹易卜生最早，那篇〈易卜生主義〉可謂已深入人心。敢懇抽些工夫，為月報特撰一文。此不同尋常應酬文字，想來可蒙允諾。明年三月號大約二月初便須付排，故尊作懇於一月底賜下。先生友人中，治藝文者極多，倘蒙代約作文，亦所盼禱。」1928年1月4日再次致信胡適：「二十天前曾上一信，因為今年三月是易卜生的百周歲紀念期，《小說月報》擬刊載幾篇關於他的文字，先生是介紹易卜生最早又最力的人，故欲請求先生特地撰一篇文字。連日盼望賜復，未得，想來那一封信不曾遞到。現在再行陳請，希望能慰其願。此非尋常應酬文字，想樂於動筆也。三月號於二月上旬付排，尊文能早日惠下，尤為

是刊出了「易卜生像及其簽字」，並開始連載潘家洵翻譯的《海得加勃勒》，以示對易卜生的紀念。上海《申報》3月17至18日，刊登了〈易卜生百年誕辰紀念〉及署名「士鉞」、「駿」的紀念文章[27]。天津《大公報》在3月26日配圖刊載了〈易卜生誕生百年紀念〉長文，「略論易卜生作劇之宗旨及方法」，以為易卜生劇作為其「悲觀主義之表現」，這是「易氏成功之原因及其真價值之所在」[28]。《晨報》在3月24、28日發表了焦菊隱（1905-1975）〈論易卜生〉。5月10日出版的《新月》1卷3號上刊有余上沅〈伊卜生的藝術〉，將易卜生的藝術概括為：「用人生做材料，寫實做手段，去達到藝術上的目的，這是伊卜生的偉大」。同期還刊有張嘉鑄的〈伊卜生的思想〉一文，詳盡地分析易卜生劇作中的思想傾向，並處處聯繫中國社會狀況發表議論。如針對《玩偶之家》，作者寫道：「若以《玩偶之家》不認為一個婦女的問題戲，不以娜拉當作為一個女子，那我們認伊卜生是一個更偉大的思想家，更偉大的戲劇家。」[29]《新月》雜誌注重「思想」，但尤為重視「藝術」，約略可窺編者傾向。[30]。8月20日出版的《奔流》1卷3期，特地開闢了

---

盼禱。」並告訴胡適，潘家洵正在為《小說月報》翻譯易卜生的兩部戲劇，「選定的是Hedda Gabler及When We Dead Awaken兩篇」。不過，胡適兩次都沒有回覆。也許是缺稿的緣故，「易卜生誕辰百周年紀念專號」最終沒有編成。葉聖陶的兩信，均見耿雲志主編，《胡適遺稿及秘藏書信》第37冊，第193-195頁，合肥：黃山書社，1994年。

[27]　士鉞：〈易卜生誕生百年紀念的意義〉，《申報》1928年3月17日；駿：〈歐洲的易卜生誕生百年紀念〉，3月18日。

[28]　佚名：〈易卜生誕生百年紀念〉，《大公報·文學副刊》1928年3月26日。

[29]　張嘉鑄：〈易卜生的思想〉，《新月》1卷3期，1928年5月。

[30]　參見孫柏：〈百年中國文化語境（1907-2006）下的易卜生〉，《博覽群書》2007年2月號。

「H‧伊孛生誕辰一百年紀念增刊」。編者魯迅注意到了《小說月報》上潘家洵的譯本，表示「為追懷這曾經震動一時的巨人起見，也翻了幾篇短文，聊算一個紀念」[31]。《奔流》除了刊出梅川、郁達夫（1896-1945）、魯迅、林語堂翻譯的五篇外文研究文章[32]，還獨具匠心地選取了易卜生的照片、手稿和漫畫，可算當年最隆重的紀念號了。

1928年11月，袁振英在《泰東月刊》2卷3期上發表〈易卜生底女性主義〉一文，討論「易卜生是不是一個女性主義者」話題，是在他的專著《易卜生的社會哲學》基礎上摘編增寫的內容，以為易卜生百年的紀念。劉大杰（1904-1977）的《易卜生研究》也於1928年由商務印書館出版。這本全面評價易卜生的專著分五章，第一章介紹易卜生生平；第二章分韻文時代、旅居時代、歸國以後三個階段評介易卜生作品；第三章論易卜生的影響；第四章介紹易卜生以前的歐洲文壇；還單設一章，介紹易卜生同時代作家——般生（B.M. Björnson，1832-1910）。後面附錄兩篇文章，一是胡適的〈易卜生主義〉，二是從英文轉譯的〈真娜拉〉（作者Xiane），介紹《娜拉》的人物原型[33]。

易卜生的傳播對於新文學建設意義深遠，所以當然地被納入了中國新文學史。朱自清（1898-1948）1930年代初對新文學作初步總結，就已經在「戲劇」章中專設「易卜生問題戲的介紹」一目，列出「a〈易卜生主義〉，b娜拉」，並把《終身大事》視為「《娜

---

[31] 魯迅：〈《奔流》編校後記（三）〉，《魯迅全集》第7卷，第164頁。

[32] 梅川所譯L. Aas的〈伊孛生的事蹟〉，鬱達夫所譯H. Eills的〈伊孛生論〉，魯迅所譯有島武郎的〈伊孛生的工作態度〉，林語堂所譯G. Brandes的〈Henrik Ibsen〉以及梅川所譯E. Roberts的〈Henrik Ibsen〉。

[33] 劉大傑：《易卜生》，上海：商務印書館，1935年。

拉》極笨拙的仿本」[34]。

　　與此同時，易卜生劇作也被搬上了話劇舞臺。1923年5月5日，北京女子高等師範學校理化系女生在新明戲園首演《娜拉》。劇場效果並不理想，第二幕未演完就有大批觀眾陸續退場[35]。5月11日《晨報副鐫》上署名「仁佗」發表「雜談」，指出中國現在「尤為需要」「問題劇」，同時批評那些退場的觀眾「實在不配看這種有價值的戲」，他們腦子裡根本沒有「人生」與「人格」幾個字[36]。而當日提前退場的人中，就有陳西瀅（1896-1970）和徐志摩（1897-1931）。陳西瀅發表了〈看新劇與學時髦〉作為回應。他認為此次演出太過業餘，滿院都是「種種混雜的聲音」。陳認為「傳佈些主義，提出幾個問題是非常容易的」，但是一個大藝術家卻注意藝術的熔鑄：「痛罵沒看完《娜拉》的人不懂得問題，差不多是罵伊卜生不是一個偉大的藝術家」。編者徐志摩在陳文後附有〈我們看戲看的是什麼？〉，提出：「易卜生那戲不朽的價值，不在她解放不解放，人格不人格；娜拉之所以不朽，是在他的藝術。主義等，只是一種時髦，發生容易，消滅也容易。只有藝術家在作品裡實現的心靈，才是不可或不容易磨滅的。」[37]

---

[34] 朱自清：《中國新文學研究綱要》，《朱自清全集》第8卷，第115頁，南京：江蘇教育出版社，1993年。

[35] 林如稷：「演《娜拉》那晚，不但場內秩序太亂，而且未待終場便有大部分退回的。」見〈又一看了女高師兩天演劇以後的雜談〉，《晨報副鐫》1923年5月16日。

[36] 仁佗：〈看了女高師兩天演劇以後的雜談〉，《晨報副鐫》1923年5月11日。整個5月份，《晨報副鐫》上數次刊登了關於這次演出的評論。何一公〈女高師演的「娜拉」〉說：「感謝她們賦予給我最醇激的美感」（5月18日）。芳信也有〈看了娜拉後的零碎感想〉（5月12日、13日）。

[37] 陳、徐文章，見《晨報副鐫》1923年5月24日。

1920年代，僅《玩偶之家》一劇就由北京的廿六劇學社、上海的戲劇協社、天津的南開新劇團等多次公演[38]。話劇演出憑藉形式的直接性和生動性，使得更多國人接觸到易卜生戲劇。曾經在南開新劇團公演中扮演過「娜拉」的曹禺（1910-1996），後來回憶：「當時，《娜拉》的演出在天津是件很大的事，尤其在教育界引起很大的注意，演出後報紙上紛紛刊載評論，受到觀眾的熱烈歡迎。」[39]而熊佛西也曾撰〈社會改造家的易卜生與戲劇家的易卜生〉、〈論《群鬼》〉等文，為國立北平藝術學院公演《群鬼》打造輿論，推廣易卜生的戲劇演出。

這一系列紙面的知識生產和舞臺的話劇表演，逐漸建構起易卜生在現代中國的特殊位置。1920年田漢（1898-1968）在給郭沫若的信中，就以「A Budding Ibsen in China」（一個萌芽中的中國易卜生）自詡[40]；洪深從美國乘船回中國途中，友人問及將來打算，他也回答：「我願做一個易卜生。」[41]可見易卜生對一代知識青年有著巨大吸引力，以至「新的人沒有一個不狂熱地喜愛他，也幾乎沒

---

[38] 關於《玩偶之家》一劇在現代中國的演出情況，參見附錄「《玩偶之家》在中文世界的傳播表」。

[39] 曹禺：〈回憶在天津開始的戲劇生活〉，《天津文史資料選輯》第19輯，天津：天津人民出版社，1982年。曹禺還曾參加《國民公敵》的演出。他自己最初對戲劇的興趣即源自易卜生，轉入清華大學西洋文學系後，畢業論文做的也是《論易卜生》。

[40] 田漢：「我嘗自署為A Budding Ibsen in China，可就曉得我如何妄僭了。」見田壽昌（田漢）、郭沫若、宗白華合著《三葉集》，第80-81頁，上海：亞東圖書館，1920年。

[41] 洪深：〈戲劇協社片斷〉，載中國話劇運動五十年史料集編委會編，《中國話劇運動五十年史料集》第一輯，第109頁，北京：中國戲劇出版社，1958年。

有一種報刊不談論他,在中國婦女中出現了不少的娜拉」[42]。

## 第二節　選擇易卜生:知識生產的文化邏輯

　　一個突出的問題是:五四前後文化精英們為什麼會選擇易卜生?「易卜生熱」的生發,背後存在怎樣的文化邏輯?

　　晚清以降,中國經歷了「三千年未有之大變局」,知識者們普遍意識到傳統的制度與文化已經不足以應對嚴峻的現實挑戰,開眼看世界,尋求文化資源以重構新的觀念和知識系統,變成一個迫切的任務。通過翻譯介紹,輸入歐化,是晚清民初很多人的自覺選擇[43]。以1895年嚴復(1854-1921)所譯《天演論》的刊行為標誌,西方的現代思想文化被大量引入進來。「移植」西方各種社會理論與哲學思潮,當然直接與挽救政治危機、尋求改造方案密切相關;即使是對西方作家與文學作品的選擇和介紹,也都聯繫著中國人對於「現代」的想像和焦慮。文學翻譯熱潮的背後,潛藏著發掘文化資源的渴望。選擇易卜生,應該放置於此一背景中考察。

　　曾經是五四青年中一員的蕭乾(1910-1999),對此有一段頗為精當的闡釋:

---

[42] 阿英:〈易卜生的作品在中國〉,《文藝報》1956年第17期。

[43] 關於晚清民初的翻譯實踐,特別是文學翻譯,參見王宏志:《重釋「信達雅」——二十世紀中國翻譯研究》,上海:東方出版中心,1999年;王宏志編:《翻譯與創作——中國近代翻譯小說論》,北京:北京大學出版社,2000年。劉禾在更廣闊的視野裡,研究了翻譯在中國現代話語建構和現代性的生成中的作用,參見氏著《跨語際實踐——文學,民族文化與被譯介的現代性(1900-1937)》,宋偉杰等譯,北京:三聯書店,2002年。

易卜生在中國與其說被視為一個戲劇家，還不如說被當成一個外科醫生。十年間，他幾乎被中國知識份子頂禮膜拜。並不是我們選擇他，而是當文學革命發起時，他表達了中國年輕一輩的心聲。中國當時完全是如此地病入膏肓，需要一位勇敢的醫生，能夠痛下針砭。那時對我們來說，易卜生以最猛烈地反對偶像崇拜的形象出現了。當我們發現一個劇作家居然激勵妻子們逃離自私但是合法的丈夫，還創造出一個公然反抗整個城鎮一致同意的裁決的狂熱醫生作為英雄，這對我們的影響之大是西方人難以想像的。起自黃帝時代的社會習俗受到了挑戰，個人開始維護他們獨立思考與行動的權力，中國，這個在亙古未變的山谷中沉睡的巨人，突然從一個使人苦悶的夢魘中驚醒了。[44]

蕭乾強調，在五四語境中易卜生首先是作為「外科醫生」被介紹和崇拜的。

---

[44] 蕭乾：〈易卜生在中國——中國人對蕭伯納的困擾〉，此文原為英文稿，收 The Dragon Beards Versus the Blueprints（《龍鬚與藍圖》，London：Pilot Press, 1944）。傅光明所譯中文，見《蕭乾全集》第6卷，第227頁，武漢：湖北人民出版社，2005年。引用時根據英文修正了譯文。蕭乾與易卜生的聯繫，還在於《培爾·金特》一劇的引入。文革後，蕭乾翻譯了易卜生的《培爾·金特》（成都：四川人民出版社，1983年）。在譯者「前言」中強調《培爾·金特》的主題是「人妖之分」，見〈易卜生的《培爾·金特》〉，《蕭乾全集》第6卷，第364-372頁。此劇被搬上中國舞臺後，蕭乾又寫了〈這不僅僅是一齣戲——《培爾·金特》公演有感〉，指出此劇對於理解「那段噩夢般的十年」有現實意義。蕭乾借助《培爾·金特》表現「文革」記憶，重新呼喚個人主義，呼應了1980年代新啟蒙的思想主題。

　　面向社會改造的思想革命，被五四文化精英們普遍視為最重要的歷史任務，用他們自己的說法是「吾人最後之覺悟」[45]。思想革命要挑戰的是禮教的意識形態霸權，試圖對整個傳統作出顛覆性的價值重估，並改變人的世界觀和信仰體系，而它遭遇的阻力也極為強大。1918年陳獨秀答覆《新青年》一位讀者時，就說：「舊文學，舊政治，舊倫理，本是一家眷屬，故不得去此而取彼；欲謀改革，乃畏阻力而遷就之，此東方人之思想，此數十年改革而毫無進步之最大原因也。」[46]中國社會在漫長歷史中形成的政治、經濟結構和文化、倫理、習俗，相互配合，形成整一的牢固網路；道德和信仰上的偶像崇拜，持續地壓抑和吞噬著內部的批判力量。年輕知識者們急切渴望的是：

　　　　破壞！破壞偶像！破壞虛偽的偶像！吾人信仰，當以真實的
　　　　合理的為標準；宗教上、政治上、道德上自古相傳的虛榮，
　　　　欺人不合理的信仰，都算是偶像，都應該破壞！此等虛偽的
　　　　偶像倘不破壞，宇宙間實在的真理和吾人心坎兒裡的徹底的
　　　　信仰永遠不能合一！[47]

---

[45] 陳獨秀一篇批評儒家思想的文章就題為〈吾人最後之覺悟〉，《青年雜誌》1卷6號，1916年2月15日。林毓生指出，「藉思想文化以解決問題」（cultural-intellectualistic approach）是五四思想群體的內在信念。參見《中國意識的危機——「五四」時期激烈的反傳統主義》（增訂本），穆善培譯，貴陽：貴州人民出版社，1988年。

[46] 易宗夔、陳獨秀：〈通信‧論《新青年》之主張〉，《新青年》5卷4號，1918年10月15日。

[47] 陳獨秀：〈偶像破壞論〉，《新青年》5卷2號，1918年8月15日。胡適、魯迅、吳稚暉等都發出過類似呼籲。朱執信也有〈神聖不可侵犯與偶像打破〉，《建設》1卷1號，1919年8月。

這種「偶像破壞」和絕對反叛的訴求，很難在中國本土傳統中找到合法性依據和可資借鑒的資源。於是「別求新聲於異邦」的想法，開始升騰在一代「做著好夢」的青年心中。

他們發現了易卜生。這個「猛烈地反對偶像崇拜的形象」，恰恰應和了新文化思想群體的期待視野和現實需求。《玩偶之家》中娜拉離家出走的決絕，《國民公敵》中斯多克芒醫生力抗時俗的無畏，《社會支柱》中對於「小城鎮」風氣的抨擊和「真理的精神和自由的精神」的呼喚，都體現出一種激烈的反抗精神和毫不妥協的立場。當時人覺得：「易卜生生平的著作，就是反乎『墨守常經』的，能夠向社會裡頭曲曲繪出它的真相的弱點，使長住在此昏天黑地中的人類，猛然覺悟，知得人生處世的真義在哪裡。」[48]在一個新舊對決的歷史時刻，毅然的出走與孤獨的對抗，不僅僅是文學作品中的情節，同時類似盜來的「天火」，意味著「從社會這艘沉船中救出自己」的現實努力[49]。娜拉與斯多克芒醫生等人物，召喚著一種代表著現代的「新人」的誕生，以及改造社會的實際行動。

所以，選擇易卜生，首先是出於思想革命的考量。洪深曾這樣評述道：

> 胡適的教人去學習西洋戲劇的方法，寫作白話劇，改良中國原有的戲劇，他底目的，是要想把戲劇做傳播思想，組織社會，改善人生的工具。他誠然沒有很明顯地把這個目的，在

---

[48] 雁聲：〈近代戲曲家易卜生傳序〉，載袁振英《易卜生傳》第四版，第2頁。

[49] 此話出自易卜生寫給勃蘭兌斯的信，由於胡適〈易卜生主義〉的引用，它在五四時期廣為流傳。

> 他底文字裡說出過；但在他底重視易卜生這個事實，完全可
> 以看出他底用意了。[50]

重視思想性，強調易卜生在傳播新思潮、改造舊社會上的價值，不
單是胡適個人的用意，也是當時知識者普遍的傾向。茅盾曾提出
翻譯易卜生劇作，「在系統之外，還有一個合於我們社會與否的
問題」；「《群鬼》一篇，便可改譯易卜生的《少年團》（League
of Youth），因為中國現在正是老年思想與青年思想衝突的時代，
young generation和old generation爭戰的決勝時代」[51]。他的建議同樣
基於思想革命的立場。魯迅後來在論述《新潮》上的小說時，也把
易卜生劇的輸入與「智識青年們的公意」聯繫在一起：

> 他們每作一篇，都是「有所為」而發，是在用改革社會的器
> 械，——雖然也沒有設定終極的目標。俞平伯的《花匠》以
> 為人們應該摒絕矯揉造作，任其自然，羅家倫之作則在訴說
> 婚姻不自由的苦痛，雖然稍嫌淺露，但正是當時許多智識青
> 年們的公意；輸入易卜生（H. Ibsen）的《娜拉》和《群鬼》
> 的機運，這時候也恰恰成熟了，不過還沒有想到《人民之
> 敵》和《社會柱石》。[52]

---

[50]　洪深：〈導言〉，《中國新文學大系·戲劇集》，第20頁。
[51]　沈雁冰：〈對於系統的經濟的介紹西洋文學底意見〉，原載《時事新
　　　報·學燈》1920年2月4日，收《茅盾文集》第18卷「中國文論一集」，
　　　第22-23頁。
[52]　魯迅：〈導言〉，《中國新文學大系·小說二集》，第2頁，上海良友
　　　圖書印刷公司1935年初版，上海：上海文藝出版社，2003年影印版。

著眼於思想的傾向，從袁振英《易卜生社會哲學》一書的命名也可見一斑。這本書是袁振英根據他1925年2月至5月在國立廣東大學的演講稿整理出來的。全書分三卷。卷一為「易卜生的社會哲學」，又分「上編 消極方面——破壞——現代的惡社會」和「下編 積極方面——建設——未來的新社會」，結合具體作品，梳理了易卜生在宗教信仰、婚姻家庭、個人奮鬥、女子解放等方面的觀點；卷二專門討論「易卜生主義」，章目多設計成「易卜生底某某（如：女性、個人……）主義」的形式；卷三則介紹「易卜生底著作」。談易卜生，不怎麼涉及他的戲劇藝術，而是側重社會哲學，尤其是對現狀的批判。易卜生已經被當作一個有著系統的社會哲學、「適合於現代的新思潮」的「少年思想家」。作者試圖從易卜生那裡總結出理論。而他最終關心的還是中國社會的改造：「中國底惡社會的勢力，還是很大，不知有多少的年輕人，做他的犧牲，易卜生主義實在是戰勝這種萬惡的環境的很好的工具。」[53]

當然，思想革命與文學革命本來就不可分割。文學革命既是思想革命的載體，又為思想革命的深入提供了語言形式的條件。易卜生作品對社會改造有直接意義，同時又正好符合了文學革命的設計和期待：落實在文類形式上，是戲劇改良；落實在文學觀念上，是寫實主義。

討論戲劇改良，還是繞不開胡適。胡適在美國留學期間，曾閱讀大量的西方戲劇名著，多次觀摩校內外的戲劇演出，興趣也從莎士比亞古典戲劇，轉移到了歐美近現代戲劇[54]。他「讀過易卜生所

---

[53] 袁振英：《易卜生社會哲學》，第1-2頁，上海：泰東書局，1927年。
[54] 參見莊浩然：〈胡適與西方戲劇（1910-1917）〉，《福建師範大學學報（哲學社會科學版）》2002年第3期。

有的戲劇」[55]，並且多次在日記裡記錄下自己的閱讀感受。如1914年7月18日，在〈歐洲幾個「問題劇」鉅子〉的札記中寫下：「自伊卜生（Ibsen）以來，歐洲戲劇鉅子多重社會劇，又名『問題劇』（Problem Play），以其每劇意在討論今日社會重要之問題也。業此最著者，在昔有伊卜生（挪威人），今死矣。」[56]胡適似乎從問題劇中找到了中國戲劇的未來。1915年當「文明戲」走向沒落之際，他給《甲寅》投書：「近五十年來，歐洲文字最有勢力者，厥唯戲劇，而詩與小說皆退居第二流」，「今吾國劇界，正當過渡時期，需世界名著為範本」，並表示自己有意翻譯易卜生的《玩偶之家》或《國民公敵》[57]。在他看來，易卜生的「問題劇」可以作為中國戲劇改良的參照。

三年後，胡適那篇系統提出文學革命主張的〈建設的文學革命論〉發表，再次申言「中國文學，實在不夠給我們做模範」，應當「多多翻譯西洋的文學名著作我們的模範」。為了證明「不可不取例」西洋的文學方法，胡適又舉了戲劇為例：

> 最近六十年來，歐洲的散文戲本，千變萬化，遠勝古代，體裁也更發達了。最重要的，如「問題戲」，專研究社會的種

---

[55] 胡適：《胡適自傳》，第96頁，曹伯言選編，合肥：黃山書社，1986年。

[56] 胡適：《胡適日記全編》第1冊，第380頁，曹伯言整理，合肥：安徽教育出版社，2001年。1914年2月3日日記，記述與友人觀法國白里而（Eusene Brieux）《梅毒》（Damaged Goods）一劇，並有對易卜生《鬼》（即《群鬼》）的評價；8月9日日記中另有閱讀易卜生晚年名劇《海妲傳》的感想。

[57] 轉引自胡頌平編著：《胡適之先生年譜長編初稿》（校訂版）第一冊，第207頁，臺北：聯經出版公司，1990年。

種重要問題；「寄託戲」（Symbolic Drama），專以美術的手段作的「意在言外」的戲本；「心理戲」，專描寫種種複雜的心境，作極精密的解剖；「諷刺戲」，用嘻笑怒罵的文章，達憤世救世的苦心：──我寫到這裡，忽然想起今天梅蘭芳正在唱新編的《天女散花》，上海的人還正在等著看新排的《多爾袞》呢！我也不往下數了。[58]

如此激烈的對比，凸顯了戲劇改良的必要。把「問題戲」放在第一位，亦可見他期待的方向。兩個月後《新青年》「易卜生號」亮相，集仲介紹了易卜生的劇作。後來，魯迅引述青木正兒（1887-1964）的說法，以為「易卜生號」的出版，是基於對昆曲在北京盛行的不滿，試圖進行反抗，推動文學革命實踐：

前些時，偶然翻閱日本青木正兒的《支那文藝論叢》，看見在一篇〈將胡適漩在中心的文學革命〉裡，有云──「民國七年（1918）六月，《新青年》突然出了《易卜生號》。這是文學底革命軍進攻舊劇的城的鳴鏑。……他們的進攻這城的行動，原是戰鬥的次序，非向這裡不可的，但使他們至於如此迅速地成為奇兵底的原因，卻似乎是這樣──因為其時恰恰昆曲突然在北京盛行，所以就有對此叫出反抗之聲的必要了。那真相，徵之同志的翌月號上錢玄同之所說（隨感錄十八），漏著反抗的口吻，是明明白白的。」[59]

---

[58]　胡適：〈建設的文學革命論〉，《新青年》4卷4號，1918年4月15日。
[59]　魯迅：〈《奔流》編校後記（三）〉，《魯迅全集》第7卷，第162-163頁。錢玄同在〈隨感錄十八〉中提到，昆曲大家韓世昌到北京演出，有

這一期專號上還刊載了一組張厚載、胡適、錢玄同（1887-1939）、劉半農（1891-1934）、陳獨秀等人關於舊戲的通信。張厚載主張不要全盤否定中國戲曲：「中國戲曲，其劣點固甚多；然其本來面目，亦確自有其真精神。固欲改良，亦必以近事實而遠理想為是。」《新青年》同人則多不同意，群起而回應。胡適在答覆中重申改良文學之必要，並說：「來書末段論戲劇，與吾所主張，多不相合，非一跋所能盡答，將另作專篇論之。」陳獨秀的態度更激烈：「尊論中國劇，根本謬點，乃在純然圈於方隅，未能曠域外也。劇之為物，所以見重於歐洲者，以其為文學美術科學之結晶耳。吾國之劇，在文學上、美術上、科學上果有絲毫價值邪？」[60] 在戲劇改良問題上，《新青年》同人的目標相當明確，那就是徹底廢除舊戲，引進西方近現代戲劇。如錢玄同所說：「如其要中國有真戲，這真戲自然是西洋派的戲，決不是那『臉譜』派的戲。要不把那扮不像人的人，說不像話的話全數掃除，盡情推翻，真戲怎樣能推行呢？」[61] 周作人在與錢玄同的通信中也作如是想：「第一，我們從世界戲曲發達上看來，不能不說中國戲是野蠻。……舊戲應廢的第二理由，是有害『世道人心』。……至於建設一面，也只有興行歐洲式的新戲一法。」[62]

---

一班人來歡呼「中國戲劇的進步」，這引起了《新青年》諸君的反擊。見《新青年》5卷1號，1918年7月15日。

[60] 張厚載、胡適、錢玄同、劉半農、獨秀：〈新文學及中國舊戲〉，《新青年》4卷6號，1918年6月15日。

[61] 錢玄同：〈隨感錄十八〉，《新青年》5卷1號。

[62] 周作人說：「現在有一種大驚小怪的人，最怕說歐洲式，最怕說『歐化』。其實將他國的文藝學術運到本國，決不是被別國征服的意思。」錢玄同答覆道：「末端數語，更是至精至確之論。……我們對於一切學問事業，固然不『保存國粹』，也無所謂『輸入歐化』；總之趨向較合

　　《新青年》還專門編輯了一期戲劇專號討論戲劇改良問題，除了傅斯年（1896-1950）、張厚載、歐陽予倩等人的撰文外，胡適自己也寫了一篇〈文學進化觀念與戲劇改良〉。他從文學進化觀念入手，批評中國舊戲沒有「悲劇的觀念」，文學上「不經濟」。既然中國文學（當然包括舊戲）已經到了「奄奄斷氣」的地步，那麼尋求外國良藥來挽救沉痾，就顯得必然而緊要了[63]。為增加國人對西洋戲劇資源的瞭解，胡適特約宋春舫作〈近世名戲百種目〉。「百種目」中就包括易卜生的三部劇作：《娜拉》、《國民之敵》、《雁》（即《野鴨》）[64]。潘家洵評價《娜拉》這本戲，「不但思想高超，情境逼真，並且寫生、結構都好，把自來小說劇本的大團圓主義完全打破了」[65]。當時很多人都意識到，易卜生戲劇對於清除中國舊戲「瞞和騙」的流弊所可發揮的作用。所以，易卜生得到五四知識者特別青睞，除了需要「借戲劇輸入這些戲劇裡的思想」外[66]，其劇作能夠為當時戲劇改良提供直接的範本，也是不可忽視的原因[67]。

---

真理的去學、去做，那就不錯。」見周作人、玄同：〈通信‧論中國舊戲之應廢〉，《新青年》5卷5號，1918年11月15日。

[63] 胡適：〈文學進化觀念與戲劇改良〉，《新青年》5卷4號，1918年10月15日。

[64] 宋春舫：〈近世名戲百種目〉，《新青年》5卷4號，1918年10月15日。

[65] 潘家洵：〈易卜生傳〉，收《易卜生集》第一集，第7頁，上海：商務印書館，1921年。

[66] T.F.C.、胡適：〈通信‧論譯戲劇〉，《新青年》6卷3號，1919年3月15日。

[67] 余上沅並不欣賞易卜生的問題劇，不過也稱讚他的戲劇「技術」：「自從《新青年》的易卜生專號出世以來，學生們不會談幾句《娜拉》、《群鬼》便是絕大的羞恥；少年作家重新描畫過的已經不少了。研究易卜生是不錯的，有幾個人的技術趕得上他呢？」見〈愛爾蘭文藝復興運動中之女傑〉，《余上沅戲劇論文集》，第107頁，武漢：長江文藝出

　　文學革命的另一個重要成果，就是寫實主義觀念的流行。儘管五四前後各種各樣的文學思潮和流派競相湧入，但是「寫實主義的擺渡船不能不坐」[68]，成為很多人的共識。選擇易卜生，也源於文學革命發起者們對寫實主義的倡導。在他們眼中，寫實主義是世界文壇的潮流具有深層次的文化感召力，應當作為文學革命的方向。陳獨秀在〈現代歐洲文藝史譚〉中指出，十九世紀歐洲文藝思想由古典主義，一變而為理想主義，再變為寫實主義，更進為自然主義。「自然主義倡於十九世紀法蘭西文壇，以左喇為魁首。現代歐洲文藝無論何派，悉受自然主義之感化。」陳獨秀並沒有特別區分寫實主義和自然主義，而是借用一種線性進化論的模式，論證寫實主義的優越性。他還把易卜生和托爾斯泰、左拉一起列為三大文豪[69]。在下一期雜誌，陳獨秀答覆讀者的疑問，略云：「吾國文藝猶在古典主義理想主義時代，今後當趨向寫實主義，各國教育趨重實用與文學趨重寫實同一理由，普通國民教育不應輕視生活實用智慧。」[70]另一次「通信」中，又指出寫實主義具有蕩滌「浮華」文弊的功能：

　　　　士之浮華無學，正文弊之結果。浮詞誇語，重為世害，以精
　　　　深偉大之文學救之，不若以樸實無華之文學救之。既以文學
　　　　自身而論，世界潮流固已棄空想而取實際，吾華文學，以離

---

版社，1986年。

[68]　愈之：〈近代文學上的寫實主義〉，《東方雜誌》17卷1號，1920年1月。

[69]　陳獨秀：〈現代歐洲文藝史譚〉，《青年雜誌》1卷3號，1915年11月。

[70]　張永言、記者（陳獨秀）：〈通信〉，《青年雜誌》1卷4號，1915年12月15日。

實憑虛之結果,墮入剽竊浮詞之末路,非趨重寫實主義無以
救之。[71]

寫實主義的拯救性,更準確地說,毋寧是對於舊文學的排斥性。陳
獨秀後來更以「推倒陳腐的鋪張的古典文學,建設新鮮的立誠的寫
實文學」[72],作為文學革命的主要口號之一。這相當直白地顯露出
新文學為了建立在「文學場」中的霸權,是如何訴諸對「古典文
學」的排斥和壓抑策略的[73]。

胡適同樣把引進寫實主義看作文學革命的重中之重。他認為寫
實主義的精神,影響到了整個十九世紀的文學。戲劇的進步,也是
「由於十九世紀文學受了寫實主義的洗禮」,以至「到了今日,雖
有神秘的象徵戲如梅特林(Meterlinck)的名劇,也不能不帶寫實主
義的色彩,也不能不用寫實主義做底子」[74]。胡適對易卜生的「問
題劇」抱有濃厚興趣,很大程度上是被其寫實主義精神所感染。正
如潘家洵所言:「(易卜生)在表現人生的時候決不肯放鬆一點,
絕少寬恕、容忍、偏私或是感情用事的地方。」[75]胡適在《易卜生主
義》中,有鑒於中國的現實情況,高度讚揚易卜生的寫實主義精神:

---

[71] 獨秀:〈通信〉,《新青年》2卷1號,1916年9月1日。
[72] 陳獨秀:〈文學革命論〉,《新青年》2卷6號,1917年2月1日。
[73] 布迪厄(Pierre Bourdieu)對於「文學場」中的資本構成和權力機制有精
　　彩的分析。參見布迪厄、華康德(Loic Wacquant):《實踐與反思──
　　反思社會學導引》,李猛、李康譯,北京:中央編譯出版社,1998年;
　　布迪厄:《藝術的法則──文學場的生成和結構》,劉暉譯,北京:中
　　央編譯出版社,2001年。
[74] 胡適:1921年6月3日日記,《胡適日記全編》第3冊,第290頁。
[75] 潘家洵:〈易卜生傳〉,《易卜生集》第一集,第11頁。

> 易卜生的文學，易卜生的人生觀，只是一個寫實主義。……
> 人生的大病根，在於不肯睜開眼睛來看世間的真實現狀。明
> 明是男盜女娼的社會，我們偏說是聖賢禮儀之邦；明明是髒
> 官、污官的政治，我們偏要歌功頌德；明明是不可救藥的大
> 病，我們偏說一點病都沒有！卻不知道：若要病好，須先認
> 有病；若要政治好，須先認現今的政治實在不好；若要改良
> 社會，須先知道現今的社會實在是男盜女娼的社會！易卜生
> 的長處，只在他肯說老實話，只在他能把社會種種腐敗齷齪
> 的實在情形寫出來叫大家仔細看。他並不愛說是社會的壞
> 處，他只是不得不說。[76]

胡適用很大篇幅討論易卜生劇作所展現的近代社會狀況，包括家庭
關係，社會的三種大勢力，個人與社會的關係，等等。他的結論
是：「易卜生把家庭社會的實在情形都寫了出來，叫人看了動心，
叫人看了覺得我們的家庭社會原來是如此黑暗腐敗，叫人看了覺得家
庭社會真正不得不維新革命：──這就是『易卜生主義』。」[77]胡適
把「寫實主義」置於「易卜生的人生觀」的本體性地位，這並不突
兀。對他而言，寫實主義不僅僅是一種美學風格，而且被看成西方

---

[76] 胡適：〈易卜生主義〉，《新青年》4卷6號，1919年6月15日。此文收
　　入《胡適文存》（卷四）時，胡適曾略作修改。比如，在這段話的第一
　　句，改成了：「易卜生早年和晚年的著作雖不能全說是寫實主義，但我
　　們看他極盛時期的著作，盡可以說，易卜生的文學，易卜生的人生觀，
　　只是一個寫實主義。」見《胡適文集》第2卷，第475頁，歐陽哲生編，
　　北京：北京大學出版社，1998年。
[77] 胡適：〈易卜生主義〉，《新青年》4卷6號。

科學、民主精神在文學上的顯現[78]。這種創造性的文學生產和接受模式，承載了他和其他文學革命宣導者在文化變革上的承諾[79]。他們所看重的正是寫實主義背後的政治可能性。而易卜生的寫實主義有助於發揮動員作用，導向對家庭、社會和國家的批判和改造，能夠幫助實現寫實主義將「詩學」與「政治」關聯起來的訴求。

易卜生介紹入中國後，對於原來的舊文學確實衝擊很大。按胡適自己的說法：「我們那本『易卜生號』但知道我們注意的易卜生不是藝術家的易卜生，乃是社會改革家的易卜生。但實際上不僅對思想革命，也對文學革命均起到了重大的作用。」[80] 直到1930年代魯迅論及上海文藝時，仍然突出了易卜生的介紹，對新文學戰勝鴛鴦蝴蝶派具有決定性意義：

> 後來《眉語》雖遭禁止，勢力卻並不消退，直待《新青年》盛行起來，這才受了打擊。這時有伊孛生的劇本的紹介和胡適之先生的《終身大事》的別一形式的出現，雖然並不是故意的，然而鴛鴦蝴蝶派作為命根的那婚姻問題，卻也因此而諾拉（Nora）似的跑掉了。[81]

---

[78] 茅盾也肯定自然主義與近代科學之間的關聯：「自然主義是經過近代科學的洗禮的；他的描寫法，題材，以及思想，都和近代科學有關係。」見〈自然主義與中國現代小說〉，原載《小說月報》13卷7號，1922年7月，收《茅盾全集》第18卷「中國文論一集」，第238頁，北京：人民文學出版社，1989年。

[79] 參見安敏成（Marston Anderson）：《現實主義的限制：革命時代的中國小說》，尤其是第二章「『血與淚的文學』——五四現實主義文學理論」，姜濤譯，南京：江蘇人民出版社，2001年。

[80] T.F.C.、胡適：〈通信·論譯戲劇〉，《新青年》6卷3號，1919年3月15日。

[81] 魯迅：〈上海文藝之一瞥〉，《魯迅全集》第4卷，第294-295頁。

　　思想革命的衝動，戲劇改良的訴求與寫實主義的提倡，共同構成了「易卜生熱」生發的歷史背景[82]。易卜生能夠被五四知識者選擇作為文化資源，因為他正好契合了他們的期待視野，提供了他們能引以為用的象徵資本。而知識者們的文化權力，又使易卜生進一步廣泛流傳。「易卜生熱」是五四的知識／權力機制的具體體現，也成為五四知識者們一個共同的「文化記憶」。五四落潮後的1928年，魯迅很感慨地說出這樣一番話：

> 如青木教授在後文所說，要建設西洋之新劇，要高揚戲劇到真的文學之地位，要以白話來興散文劇。還有，因為事已亟矣，便只好以實例來刺激天下讀書人的直感，這自然都確當的。但我想，也還因為Ibsen敢於攻擊社會，敢於攻擊多數。那時的紹介者，恐怕頗有以孤軍而被包圍於舊壘中之感的罷。現在細看墓碣，還可以覺到悲涼，然而意氣是壯盛的。[83]

## 第三節　《玩偶之家》：
## 翻譯的政治與接受的可能

　　五四時期「易卜生熱」呈現出一個特定的傾向，即他的社會問題劇最受重視，影響也最大。有研究者對易卜生劇作的翻譯情況作

---

[82] 也有人從語言的角度分析易卜生，為白話文運動張目：「從此他把韻文丟開，專用白話文來討論社會問題，因為他覺得韻文固然很美，然而拿來描寫刻畫人生卻嫌不切實。易卜生打定主意要替這滿身是病的社會診病開脈案，所以不能不用一種明顯真確的白話文做工具，不然，病情說不透的。」見潘家洵：〈易卜生傳〉，《易卜生集》第一集，第5頁，上海：商務印書館，1921年。

[83] 魯迅：〈《奔流》編校後記（三）〉，《魯迅全集》第7卷，第163頁。

了分段統計，列表如下[84]：

| 劇作 | 五四時期 | 1928-1949年 |
|---|---|---|
| 《玩偶之家》 | 4 | 5 |
| 《群鬼》 | 2 | 1 |
| 《國民公敵》 | 2 | |
| 《青年同盟》 | 2 | |
| 《建築師》 | 2 | 1 |
| 《社會支柱》 | 1 | 1 |
| 《野鴨》 | 1 | 2 |
| 《海上夫人》 | 1 | 2 |
| 《小艾有夫》 | 1 | 1 |
| 《羅斯莫莊》 | 1 | |
| 《海達・高布樂》 | | 3 |
| 《咱們死人醒來的時候》 | | 1 |
| 《厄斯特羅特的英格夫人》 | | 1 |
| 《約翰・蓋勃呂爾・博克曼》 | | 2 |

　　從表中可以看出，五四時期對於易卜生的翻譯，主要集中在其中期劇作，尤其是有著強烈社會批判鋒芒的社會問題劇[85]。《玩

---

[84] 引自秦弓〈易卜生熱──五四時期翻譯文學研究之二〉，《中國社會科學院研究生學報》2003年第4期，第86頁。數字為中譯本的種數，而非印行版次數。

[85] 研究者們通常把易卜生的整個戲劇創作分為早、中、晚三個時期。早期是民族浪漫主義時期，作品採用詩體形式，以北歐的神話、歷史與民間傳說為題材，帶有傳奇色彩和浪漫主義氛圍；中期是社會問題劇時期，開始採用散文體，現實主義色彩強烈，具有了寫實主義的面貌和強烈的

偶之家》（1879）最富盛名，《群鬼》（1881）、《國民公敵》
（1882）、《青年同盟》（1869）等次之。這種翻譯的取向，與上
一節所討論的五四文化邏輯密切相關。然而，在戲劇領域卻也並非
毫無爭論，尤其是在接受中出現一些照搬易卜生問題劇現象之後。

　　宋春舫在1920年介紹易卜生時，就提醒要注意易卜生劇作的限
度：「大凡劇本，必定要博全社會的歡迎，吾等編劇本的時候，眼
光不可專注在學生身上，什麼妓女、官僚、汽車夫、新聞記者，
都要放在腦筋裡，此是吾不主張提倡易卜生著作的理由。」[86]意思
是易卜生的社會問題劇，只是戲劇中一個特定的種類，不應被當
作改良中國戲劇的唯一方向。他還曾從劇本角度，直接批評「易卜
生一派之劇本」，「以研究與吾國社會絕不相干之問題為主腦；以
提倡一種超人主義為目的；陳意既高，與觀劇者之心理，自相枘
鑿」[87]。

---

社會性，更為直接地介入到社會命題，介入到與輿論的鬥爭中；而晚期
則可謂之象徵主義時期，作品從社會論戰中隱退，更多轉向人陰鬱的內
心世界。參見袁振英：《易卜生傳》第四版，香港：受匡出版部，1928
年；劉大傑：《易卜生研究》，上海：商務印書館，1928年；王忠祥：
〈易卜生和他的文學創作（代序）〉，收《易卜生文集》第1卷，北
京：人民文學出版社。不過，陶慶梅在〈易卜生的悖論〉（《中國圖書
評論》2007年第1期）一文中提醒：「這樣一分期，似乎就容易推導出
一個模式：在《玩偶之家》享譽世界之前的早期作品，自然是大師在為
自己的成熟之作做準備，而那些後期作品，則是大師過了巔峰之後的頹
廢之作。……其實，易卜生的戲劇作品，無論是前期、後期還是中期作
品，它們驕傲地構成了一個整體，整個地改寫了文學藝術中人的情感結
構，寫出了現代人面對社會以及面對自我的掙扎。」

[86]　宋春舫：〈改良中國戲劇〉，《宋春舫論劇》第一集，上海：中華書
　　　局，1923年。
[87]　宋春舫：〈中國新劇劇本之商榷〉，轉引自洪深：〈《中國新文學大
　　　系・戲劇集》導言〉，第36頁。

　　而余上沅從戲劇藝術性的角度出發對「易卜生熱」反思尤多，這一反思促使他倡導起「國劇運動」。1926年起，余上沅和趙太侔在北京《晨報副鐫》上合辦「劇刊」，作為「國劇運動」的陣地。1927年余上沅將關於「國劇運動」的論文結集出版，序文裡說：

> 新文化運動期的黎明，伊卜生給旗鼓喧鬧地介紹到中國來了。固然，西洋戲劇的復興，最得力處仍是伊卜生的介紹；可是在中國又迷入了歧途。我們只見他在小處下手，卻不見他在大處著眼。中國戲劇界和西洋當初一樣，依然兜了一個畫在表面上的圈子。政治問題，職業問題，家庭問題，煙酒問題，各種問題，做了戲劇的目標；演說家，雄辯家，傳教家，一個個跳上臺去，讀他們的詞章，講他們的道德。藝術人生，因果倒置。他們不知道探討人心的深處，表現生活的原力，卻要利用藝術去糾正人心，改善生活，結果是生活愈變愈複雜，戲劇愈變愈繁瑣；問題不存在了，戲劇也隨之而不存在。通性既失，這些戲劇便不成其為藝術（本來它就不是藝術）。從好處方面說，即令有些作品也能媲美易卜生，這種運動，仍然是「伊卜生運動」，決不是「國劇運動」。[88]

余上沅批評中國的易卜生接受「迷入了歧途」。過於重視戲劇中反映的「問題」，而忽視了戲劇「藝術」本身。他把以社會改造家的

---

[88]　余上沅：〈國劇運動序〉，收余上沅編《國劇運動》，第3頁，上海：新月書店，1927年。

易卜生取代藝術家的易卜生,當作一種錯位,所謂「藝術人生,因果倒置」。聞一多(1899-1946)也持同樣看法,把「宣傳思想」視作「戲劇的歧途」:

> 近代戲劇是碰巧走到中國來的。他們介紹了一位社會改造家
> ——易卜生。碰巧易卜生曾經用寫劇本的方法宣傳過思想,
> 於是要易卜生來,就不能不請他的「問題戲」——《傀儡之
> 家》、《群鬼》、《社會的柱石》等等了。第一次認識戲劇
> 既是從思想方面認識的,而第一次的印象又永遠是有威權
> 的,所以這先入為主的『思想』便在我們腦筋裡,成了戲劇
> 的靈魂。[89]

聞一多強調易卜生戲劇,除了改造社會的價值,「也還有一種更純潔的——藝術的價值」。

余上沅和聞一多的論述,代表了對因易卜生《玩偶之家》等劇作的翻譯,造成「問題劇」流行潮流的反撥。他們的批評有其針對性,因為不少問題劇確實粗糙簡陋,而且《玩偶之家》本身也有可以挑剔的地方。任鴻雋(1886-1961)在給胡適的信中說:「讀《新青年》中廣告,知《易卜生號》專載 *A Doll's House* 一劇。⋯⋯就結構言,尚嫌其太緊湊了一點。足下若曾看過此劇,便知其各節緊連而下,把個主人公Nora忙得要死,觀者也屏氣不息。」[90]連胡適自己也感歎:「易卜生的《娜拉》,以戲本論,缺點甚多,遠不

---

[89] 聞一多:〈戲劇的歧途〉,收余上沅編《國劇運動》,第55頁。

[90] 任鴻雋:〈新文學問題之討論〉,《新青年》5卷2號,1918年8月15日。

如《國民之敵》、《海姐》等劇。」[91]問題在於，支撐余上沅等人批評的、對於戲劇本質和藝術「自律性」的想像，其實可以重新討論[92]。這不僅意味著追問戲劇是否可能和道德、政治、歷史、社會不發生直接交涉，而且需要對易卜生的「社會問題劇」尤其是《玩偶之家》的接受進行更細緻、更語境化的分析。這樣一部「缺點甚多」的劇作，在五四時期被多次譯介，得到國人普遍認同，到底有何歷史因緣？

　　《玩偶之家》（A Doll's House，也譯為《娜拉》、《傀儡之家》）表現的是一個貌似美滿的婚姻中潛藏的危機及其最終的爆發。娜拉是一位富商的女兒，海爾茂（Torvald Helmer）當律師的時候，娜拉的父親把女兒嫁給了海爾茂。海爾茂正直自負，對妻子娜拉溫存體貼，把她當作「小鳥兒」和「小松鼠」，娜拉也一直陶醉在這種浪漫的寵愛中。海爾茂曾經患上重病，必須出國到暖和的南方去療養一年。娜拉為了拯救丈夫的生命，只好假冒已經病危的富商父親的簽名，通過丈夫的同學柯洛克斯泰從銀行借到一大筆錢。這之後她通過節衣縮食和幫人做零工歸還貸款，但這件事始終瞞著丈夫。八年後，海爾茂當上一家股份銀行的經理，娜拉的債主柯洛克斯泰就是這家銀行裡的職員。他因為面臨被海爾茂辭退，便拿娜

---

[91] 胡適：1921年6月3日日記，《胡適日記全編》第3冊，第290頁。

[92] 基於「純文學」、「純藝術」立場，批評五四時期易卜生接受中的偏向，強調回到「作為藝術家」的易卜生，也是當下不少研究者立論的基礎，參見王寧：〈序言〉，《易卜生與現代性：西方與中國》，天津：百花文藝出版社，2001年。但大眾的反映卻與這種去政治化的研究傾向相反。2006年8月，南京大學戲劇與影視研究所學生演出了《《人民公敵》事件》（編劇呂效平）。這部向易卜生致敬的話劇，重新呼喚話劇對於社會現實關注與批判意識，在「易卜生戲劇季」中受到一致好評。

拉偽造簽字的事相要脅。海爾茂瞭解真相後突然翻臉,粗暴地怒斥
娜拉斷送了他的前途。誰料柯洛克斯泰在林丹太太的開導下改變了
主意,放棄了要脅。危機由此化解。海爾茂明白他的幸福沒有妨礙
後,隨即恢復了原來溫和的態度。並且說,一個男人赦免了妻子
的過錯是很愉快的一件事情。娜拉至此才恍然大悟,自己在家庭
中並沒有個人的尊嚴和價值,不過是丈夫的一個「玩偶」。愛情幻
象破滅了,她最終毅然決定離家出走。全劇在「砰」的一聲關門聲
中結束。

現代婚姻和兩性關係的關切,在易卜生此前創作的《青年同
盟》(The League of Youth,1869)和《社會支柱》(Pillars of Society,
1876)中已經可見端倪。《青年同盟》裡有一個一向受家人眷顧的
女性,因為家人一點不告訴她家庭經濟的麻煩,她抱怨「你們把我
打扮得像個泥娃娃」。《社會支柱》中的博尼克,以拋棄樓納、轉
娶她的妹妹貝蒂為代價,挽救了公司的破產。他告訴樓納:「(和
貝蒂)生活在一起的這些年,她學會了怎樣把自己的性格遷就我
——原來她對戀愛有一套不切實際的想法。她不承認,日子長了,
愛情就變成平靜的友誼的燭火了」。不過,《玩偶之家》還是具有
強烈的斷裂意義。它是對18世紀以來歐洲文學中自由愛情神話的一
次顛覆,也是對男權中心的父權價值觀的一次反叛。難怪1921年滕
若渠在介紹易卜生戲劇時,就特別指出:「易氏於一八七九年作
《玩偶的家庭》,是年歐洲劇界的新派舊派,劃成一條深而且顯的
界線。」[93]

---

[93] 滕若渠:〈最近劇界的趨勢〉,原載《戲劇》1卷1期,引自陳惇、劉洪
    濤編:《現實主義批判:易卜生在中國》,第19頁,南昌:江西高校出
    版社,2009年。

　　作為「神聖」的現代價值目標，自由戀愛和核心家庭的主題，在現代文學中頻繁出現。配合著「自我」的發現，在整個資本主義意識形態的興起與鞏固中，它發揮著特殊作用[94]。然而，兩性關係和家庭想像，並沒有、也不可能隨著一夫一妻的現代核心家庭的出現而獲得終極解決。相反，可能因為新的生產和社會形式而更激烈地彰顯出來。維多利亞社會（Victorian Society, 1837-1901）是中產階級婚姻和道德價值形成的重要時期，也是性／道德壓抑和規訓實踐發生的時期[95]。《玩偶之家》的價值，即在於直面這樣的時代問題，反抗時代主流的女性形象和位置，把火炬投進了「和睦家庭」。易卜生要揭露這塊「不穩固的沼澤地」，「而虛假的幸福正是建築在這塊不堅實的土地上」[96]。

　　如果把《玩偶之家》置於反思現代性的思想史坐標系中，就不難發現它內在地觸及到諸多思想命題。比如，男人和女人的隔膜（易卜生在筆記中隱約流露創作《玩偶之家》的心理動機：「有兩種精神法律，兩種良心，一種是男人用的，另一種是女人用的。他們互不瞭解。但是女人在實際生活中被按照男人的法則來評判，彷彿她不是一個女人，而是一個男人」[97]），愛情與法律

---

[94] 黃梅在《推敲「自我」——小說在18世紀的英國》（北京：三聯書店，2003年）中，分析了18世紀英國小說對於「自我」的關懷與現實中現代主體的建構之間的互動關係，以及「情感主義」背後的資本主義意識形態。對於自由戀愛的想像和書寫，也是「自我」發現的一部分。

[95] 參見 Michel Foucault, *History of Sexuality, Vol. 1*, trans. by Robert Hurley (New York: Random House, Inc., 1990).

[96] 奧托·布拉姆：〈亨克利·易卜生〉，收高中甫編，《易卜生評論集》，第27頁，北京：外語教學與研究出版社，1982年。

[97] 易卜生：〈遺稿Ⅲ〉，轉引自艾爾瑟·赫斯特：〈娜拉〉，收高中甫編《易卜生評論集》，第309頁。

的衝突（娜拉偽造簽字是為了救丈夫，出於愛情和善意的初衷，可是卻違背了刻板的法律規定，娜拉感到「國家的法律跟我心裡想的不一樣，可是我不信那些法律是正確的」），詩意與真實的抵牾（努力取悅丈夫成為了娜拉的生活目的，她自覺地沉溺於天真和馴服的「詩意」中，可是虛幻的完整感很快就被真實的危機打破了）[98]，選擇與承擔的關係（娜拉一直不敢把事情的經過告訴丈夫，偽造簽名之後，她願意自己獨自去承擔責任，不利用阮克大夫的愛慕而向他借錢），「公」「私」領域的分化（娜拉以為可以一直處在「純粹」、「完美」的私人家庭生活中，可是麻煩還是會找上門來，逼著她去面對獨立的生活意義，根本不可能逃避公共生活），對於宗教的懷疑（娜拉表示「實在不知道宗教究竟是什麼東西」，自己「要看看那牧師說是不是真的」）……總之，通過《玩偶之家》，易卜生揭示出家庭生活的複雜困境乃至資本主義的整體性危機[99]。

　　易卜生並沒有指點出路。「易卜生是個只開脈案，不開藥方的醫生：他把病情詳詳細細的說了出來，他的責任就算完了；至於怎樣用藥，那是別人的事，他不來顧問。」[100]娜拉的離家出走，宣示著對依附性婚姻的棄絕和男性主導的兩性秩序的反叛，但是，需要

---

[98] 艾爾瑟・赫斯特認為：「娜拉在易卜生心目中就是夢，是以最早的溫柔、天真和脆弱的形式出現的夢，她表現了渴望幸福與完美的那種完整的原始的情感。青年易卜生就是帶著這種情感迎接生活的——當它還沒有用一些方法使他清醒之前。」〈娜拉〉，《易卜生評論集》，第314頁。

[99] 任鴻雋就認為易卜生此劇是在「針砭西方社會的惡習」，見〈新文學問題之討論〉，《新青年》5卷2號。

[100] 潘家洵：〈易卜生傳〉，《易卜生集》第一集，第5頁。

注意，「這不是個冷漠的聲明，而是傷心的申訴」[101]。在《玩偶之家》結尾，有這樣的對話：

郝爾茂：都完了！都完了！——娜拉，你還會想著我嗎？

娜　拉：我知道我總要常常想著你，和小孩子們，和這所房子。

郝爾茂：我可以寫信給你嗎？

娜　拉：千萬不要寫。

郝爾茂：至少我可以寄點……

娜　拉：什麼都不要。

郝爾茂：你如果到了困難的日子，可以讓我幫襯你一點。

娜　拉：不要。我不能接受陌生人的幫助。

郝爾茂：難道我於你只不過是一個陌生人嗎？

娜　拉：（提了包裹）滔佛，那需要等「奇事中的奇事」發生。

郝爾茂：你告訴我什麼叫做「奇事中的奇事」？

娜　拉：你和我都要改變到……滔佛，我如今不信世上真有「奇事」出現了。[102]

娜拉是帶著一種迷惘與困惑的心情，在探索她毫無所知的另一種生活方式。而另一種生活方式究竟應該是怎樣的，易卜生保持著審慎的沉默。他並不提解放是一種解決辦法；甚至拒絕接受「自覺促進

---

[101] 哈樂德・克勒曼：《戲劇大師易卜生》，第143頁，蔣嘉等譯，長沙：湖南人民出版社，1985年。

[102] 《娜拉》，羅家倫、胡適譯，《新青年》4卷6號，1918年6月15日。

婦女運動的榮譽」，聲稱「還沒有完全弄清它的實質」。他承認婦
女權益問題需要解決辦法，但是他的主要任務是「描述」人類。使
社會得到自由，應該是政治學的任務[103]。普列漢諾夫（1856-1918）
評價易卜生說：

> 易卜生，可能跟他同時的全世界的文學家裡只有他一個人能
> 夠引導讀者走出市儈的埃及，但是他不知道哪裡是極樂的土
> 地，他甚至於這樣想，並不需要任何允約的土地，因為所有
> 的問題都在於人的內心的解放。這一位摩西註定了在抽象的
> 荒野裡作沒有出路的流浪。[104]

有意味的是，當《玩偶之家》傳播到中文世界以後，娜拉迷惘與困
惑的一面很少被注意，而易卜生也並不是「在抽象的荒野裡作沒有
出路的流浪」的形象。關於這種語際接觸中意義的調整、增殖和擴
散，以及相關的修辭策略與表意實踐，劉禾在《跨語際實踐》中曾
有深入的討論。她指出在「跨語際實踐」過程中，「意義與其說發
生了『改變』，不如說是在主方語言的本土環境中發明創造出來
的」。在這個意義上，翻譯不再是一個單純的中立事件，有必要把

---

[103] 參見易卜生：〈1898年5月26日在挪威保衛婦女權利協會的慶祝會上的講
　　話〉，《易卜生文集》第8卷，北京：人民文學出版社，1995年。西格
　　弗萊德·曼德爾在〈《閣樓裡的女人》引言〉也曾談到這一問題。見莎
　　樂美（Lou Andreas-Salome）：《閣樓裡的女人：莎樂美論易卜生筆下的
　　女性》，第23頁，馬振騁譯，上海：華東師範大學出版社，2005年。
[104] 普列漢諾夫：〈亨利克·易卜生〉，收高中甫編，《易卜生評論集》，
　　第175-176頁。作為馬克思主義文藝批評家，他不滿意於易卜生「反抗」
　　的空洞性。

「翻譯」開放為一個「政治和意識形態」的鬥爭場所[105]。

如果借助於「翻譯的政治」的視野，理解《玩偶之家》在中國的引進、傳播和重新「發明」，那麼有三個方面值得關注。

其一，娜拉所以能迅速成為文化偶像，是與彼時中國知識者整體性的問題意識分不開，也是與中國女權運動的現實需要分不開的。那種激烈的反傳統情緒和「別求新聲於異邦」的衝動，上一節已有分析，茲不贅述。至於女權運動的現實需要，則可以和晚清的情況略作比較。在晚清，興女學、倡女權的行動，從上海等通商口岸逐漸影響到內地，女學次第開設，婦女公開出入社交場所，反纏足運動開展得頗有聲勢。從1870年代起，男女平等之說在《申報》等報紙上不斷出現。而羅蘭夫人（Manon Jeanne Phlipon，1754-1793）、批茶女士（Harriet Beecher Stowe，1811-1896）、蘇菲亞（Sophia Perovskaya，1853-1881）等西方女傑的事蹟也傳到中國，被樹立為晚清女子的楷模[106]。金一（金天翮，1874-1947）在所著《女界鐘》中呼籲道：「善女子，誓為緹縈，誓為木蘭，誓為聶姊、龐娥，……誓為越女、紅線、聶隱娘。善女子，誓為批茶，誓為娜丁格爾，……誓為馬尼他、瑪利儂、貞德、韋露、蘇菲亞。此皆我女

---

[105] 參見劉禾：《跨語際實踐——文學，民族文化與被譯介的現代性（中國，1900-1937）》，第一章「跨文化研究的語言問題」，尤其是第35-38頁。劉禾把薩義德（Edward W. Said）關於「理論旅行」中「不同的再現和制度化過程」的研究，向前推進了一步。尼南賈納（Tsjaswini Niranjana）在重新「為翻譯定位」時，同樣強調「翻譯」是主體建構的場點之一。〈為翻譯定位〉，收許寶強、袁偉選編，《語言與翻譯的政治》，第116-117頁，北京：中央編譯出版社，2001年。儘管尼南賈納的討論是針對殖民主體建構過程中潛伏的「認知暴力」，但是，「翻譯的政治」作為頗富啟發性的視野也應該被用來觀照現代中國。

[106] 參見夏曉虹：《晚清女性與近代中國》，北京：北京大學出版社，2004年。

子之師也。」[107] 晚清所樹立的女傑都是一些有著強烈政治參與意識的愛國女性，她們的引人注意主要在於民主精神和救國業績。尤其是秋瑾（1875-1907），其特立獨行的個性與為革命的犧牲，贏得了當時輿論的廣泛稱頌，被認為是羅蘭夫人的精神傳人[108]。時移事易，到了五四前夕，那些爭自由、言革命的女英雄們已經成為明日黃花。新的歷史條件下，女子解放的重心和道路面臨著調整。雖然政治上經過了「革命」，但是大多數女性仍然被限制在戶內，自由婚姻和文明家庭遇到了難以逾越的障礙。改革婚姻和家庭制度，追求獨立的個體價值，實現在社會關係和社會生活中的男女平等，才是當時女權倡導者最關注的問題[109]。娜拉的故事正好呼應了家庭層面的變革要求，能夠激發起強烈的獨立意識。胡適在為袁振英〈易卜生傳〉所寫「按語」中點明：「當娜拉之宣佈獨立，脫離此玩偶之家庭；開女界廣大之生機；為革命之天使，為社會之警鐘。……

---

[107] 金一：《女界鐘》，第93頁，1903年初版。批茶女士即美國廢奴先驅斯托夫人（Harriet Beecher Stowe），瑪利儂即法國羅蘭夫人（Jeanne-Marie Roland）。

[108] 參見夏曉虹《晚清女性與近代中國》之第七章「接受過程中的演繹」，第187-219頁。

[109] 欲進一步瞭解晚清和民國女權運動的狀況，參見呂芳上主編《無聲之聲Ⅰ：近代中國的婦女與國家（1600-1950）》，遊鑒明主編《無聲之聲Ⅱ：近代中國的婦女與社會（1600-1950）》，羅久蓉、呂妙芬主編《無聲之聲Ⅲ：中國近代的婦女與文化（1600-1950）》，臺北：中央研究院近代史研究所，2003年；Frank Dikotter, *Sex, Culture, and Modernity in China* (Honolulu: University of Hawaii Press,1995); Zheng Wang, *Women in the Chinese Enlightenment: Oral and Textual Histories* (Berkeley, Los Angeles, and London: University of California Press, 1999); Ying Hu, *Tales of Translation: Composing the New Women in China, 1899-1918* (Stanford, Calif.: Stanford University Press，2000).

易氏此劇真足為現代社會之當頭棒，為將來社會之先導也。」[110]娜拉的選擇已經化身為一種普遍真理，化身為女性解放的道路啟示。

　　其二，中國知識者在接受娜拉的時候，把自己的命運投射入娜拉的故事中，《玩偶之家》於是延伸出它在挪威語境中並不負載的諸多問題——尤其是「青年向何處去」的問題。《玩偶之家》中娜拉過去依附於丈夫，封閉於家庭，在兩性秩序和「神聖的天職」的束縛中，全然不知個人價值為何物。這與長期生活在鄉土世界和家庭—宗族的穩定社群（stable communities）中，受到孔教禁錮的青年知識者，在生存和精神狀況上有著很大的相似性，容易獲得感同身受的青睞。而娜拉的「出走」，正好也是他們曾經採取的行動。於是，講述和討論娜拉，帶有某種「自傳」的性質，並成為他們確證選擇合法性的一種方式。只是這時需要確證的，已經不是從家庭「出走」的單一行動，而是系統的社會轉變工程，包括反抗禮教、重估傳統、倫理重建、社會流動、自由戀愛、現代日常生活等相互關聯的議題，甚至包括對於新的國家政治圖景的想像。娜拉在中國的意義並不局限於女性問題，這在胡適的〈易卜生主義〉、袁振英的《易卜生傳》、《易卜生社會哲學》裡說得都很明確。1928年張嘉鑄撰文也指出：「娜拉這個人，狹義的看來，果是解放女性的一個模範。但是廣義的，此齣戲，可以說是弱者被強者凌辱的一幅神品。」[111]而劉大杰的《易卜生》一書中也說：「在這劇本（指《娜拉》——引者注）裡面，易卜生的本意，並不僅是婦女解放問題，這是全人間的問題。這是利己的自我與自己犧牲的對立的靈肉

---

[110] 胡適：〈易卜生傳〉「編者按語」，《新青年》4卷6號。
[111] 張嘉鑄：〈伊卜生的思想〉，《新月》1卷3號，1928年5月。

鬥爭的悲劇，當丈夫站在門外，娜拉提好衣包講再會的時候，娜拉不是男性，也不是女性，是未來的超人的象徵。」[112]無疑，五四時期《玩偶之家》的譯介，是面對舊時代全面的「批判的武器」，知識者們希望藉此推廣啟蒙話語實踐，引導更多青年「共證自由之真諦」[113]。

　　其三，也是最關鍵的，在五四啟蒙的主導話語中，《玩偶之家》中反思現代性的面相，被對現代性的渴望與設計所遮蔽並且替代了。《玩偶之家》戳破了原先溫情脈脈的中產階級家庭生活幻象，觸及到現代性的一系列基本悖論。易卜生「看到了資本主義社會生活於其中的樊籠」[114]。如何擺脫詐偽生活，如何對待現代核心家庭，這些難題在《玩偶之家》中被提出來。可是，《玩偶之家》同時展現出「在這個世界裡，人們還有自己的性格以及首創的和獨立的精神」[115]。換言之，資產階級本身的力量還遠遠沒有耗盡。對於多數置身於「後發展」中國的知識者而言，反省「現代」顯得過於奢侈和超前了。縈繞在他們心頭的，首先還是「遲到」和「趕超」的焦慮[116]。他們迫切期待借鑒和挪用西方現代經驗，創制出中國的「現代」。「現代」的誘惑與訴求，已經內在於他們的文學與文化整體規劃之中。所以，五四的「娜拉」闡釋以及「娜拉型」文

---

[112] 劉大傑：《易卜生》，上海，商務印書館，1935年，第62頁。

[113] 袁振英：〈易卜生傳〉，《新青年》4卷6號。

[114] 弗朗茨・梅林：〈亨利克・易卜生〉，收高中甫編，《易卜生評論集》，第113頁。

[115] 恩格斯：〈致保爾・恩斯特〉，收高中甫編，《易卜生評論集》，第8頁。

[116] 晚清民初知識者的普遍焦慮，即Gregory Jusdanis所謂「遲到的現代性」（belated modernity）的焦慮。Gregory Jusdanis, *Belated Modernity and Aesthetic Culture: Inventing National Literature*（Minneapolis: University of Minnesota Press, 1991）.

學作品中，出現了頗為弔詭的錯位：擺脫詐偽的鋒芒，被改寫為反抗壓迫的鬥志；走出現代核心家庭，被替換為背叛封建家庭；「處在舊日的虔誠與『新的真理』兩個必然之間」的「無所適從」[117]，被個人自決的浪漫主義信條所取代；作為「精神的再生」的「解放」[118]，被引導為政治層面的「解放」和民族國家的合理化規劃。這些在歷史「限度」中的「誤讀」與變異，與伴隨「誤讀」的種種爭辯和質疑一起，構成了轉型時代中國對西方文化吸收／改寫的獨特風景，也深刻地影響了中國現代思想的走向。

---

[117] 哈樂德・克勒曼：「在現代戲劇中，易卜生第一個發現我們處在舊日的虔誠與『新的真理』兩個必然之間。……他在這兩個必然之間感到無所適從，只得緊緊抱住夢想與希望，即他在『山峰』中尋求的那種完善。」見《戲劇大師易卜生》，第253頁，蔣嘉等譯，長沙：湖南人民出版社，1985年。

[118] 「解放」是易卜生常用的詞，他在1877年給勃蘭兌斯的一封信裡說：「我將永不同意把解放看做是政治解放的同義語，……任何在鬥爭中途停下腳步、胡說什麼現在我解放了的人，只是表明他已失去了它。國家的特徵恰恰是取得一定的解放之後就停滯下來的傾向，對個人來說，國家是個災禍，它使個人的精神集中到一個政治的與地理的概念裡。……讓知識和精神血緣關係成為聯合的唯一因素，那麼，你就可以開始獲得具有某些價值的解放了。」轉引自哈樂德・克勒曼：《戲劇大師易卜生》，第13-14頁。

# 第二章　闡釋「娜拉」：
# 在五四啓蒙話語中

娜拉拋棄了他的丈夫兒女，深夜出門走了，為的是她相信自己是「一個人」，她有對她自己應盡的神聖責任：「無論如何，我務必努力做一個人！」

——胡適：〈《中國新文學大系・建設理論集》導言〉

「這是孩兒的終身大事。孩兒應該自己決斷。孩兒現在坐了陳先生的汽車去了。暫時告辭了。」

——胡適：《終身大事》

## 第一節　《新青年》輿論空間中的「女性解放」

　　「娜拉」在五四啓蒙話語中的顯赫位置，與其最初的傳播載體《新青年》雜誌是絕對分不開的。如果沒有《新青年》「易卜生號」的隆重推出，沒有胡適與《新青年》同人的稱揚和號召，沒有《新青年》所參與構建的新文化輿論空間，很難想像一個普通挪威女性的形象，會一躍成為「女性解放」的楷模和青年人的文化偶像。因此，要深入理解「娜拉」的思想史意義，有必要回到《新青年》的歷史現場，而尤有必要對女性解放話語在《新青年》中的展開情況作一番梳理。

　　1915年9月15日，從日本回國的陳獨秀於上海創辦《青年雜誌》月刊。第二卷起，改名為《新青年》並調整編輯方針，形成以北大教授為主體的作／編者隊伍，雜誌面貌逐漸清晰。依託北大文科的學術資源，加上積極「製造」話題，介入乃至發動新的思想和文化運動的策略，使得《新青年》迅速脫穎而出，銷量劇增，在青年中頗受歡迎[1]，佔據了新文化輿論中心的位置[2]。作為思想文化雜誌，《新青年》涉獵極廣，匯聚了關於政治制度、哲學思潮、社會現實、文學觀念等各類問題的討論，女性問題正是熱點之一。

　　晚清以後，很多知識份子在思考中國改革問題時，都會把女性解放問題帶入到他們的思想議題中。康有為（1858-1927）、譚嗣同（1865-1898）、梁啟超（1873-1929）等人就認為，女性解放是民族興旺象徵，因此鼓吹廢除婦女纏足，開放女子教育，改變女性的生活狀態，從而促進中國的革新[3]。《新青年》關心女性解放，總

---

[1]　根據汪孟鄒回憶，1917年前後，《新青年》銷量最高達到一萬五六千份之多。參見汪原放：《回憶亞東圖書館》，第32頁，上海：學林出版社，1983年。當時一份雜誌往往是十幾人甚至幾十人閱讀，那麼，它的讀者群就是十幾萬甚至幾十萬人，而且多是中等以上學校的青年學生。《新青年》的廣泛影響，從雜誌「通信」欄目也可看出。初步統計，至《新青年》6卷4號（1919年4月15日），雜誌陸續刊登通信近一百七十多封，這自然只是來信中的很少部分。

[2]　關於《新青年》的研究，參見陳平原：〈思想史視野中的文學——《新青年》研究〉，《觸摸歷史與進入五四》，第50-116頁，北京：北京大學出版社，2005年；王曉明：〈一份雜誌和一個「社團」〉，《刺叢裡的求索》，第187-209頁，上海：遠東出版社，1995年；陳方競對《新青年》的「共和制情結」與「一校一刊」的結合也有分析，見《多重對話：中國新文學的發生》，北京：人民文學出版社，2003年。

[3]　Hu Ying, *Tales of Translation: Composing the New Women in China, 1899-1918* (Stanford, Calif.: Stanford University Press，2000)，尤其是pp.1-18。許慧琦：〈梁啟超與胡適的女性論述及其比較初探〉，《清華學報》，新第27卷

體上繼承了這個把女性問題與文明改造相聯繫的思想傳統。雜誌曾多次刊登廣告，徵集關於「女子問題」的文章[4]。1919年冬天《新青年》發表宣言，「表達社員的共同意見」，其中一條就特別提出了女子問題：「我們相信尊重女子的人格和權利，已經是現在社會生活進步的實際需要；並且希望他們個人自己對於社會責任有徹底的覺悟。」[5]至1921年10月九卷六號，《新青年》共刊出關於女性問題的文章近四十篇（前四卷中就有十七八篇），涉及女性的獨立、教育、婚姻、貞操、職業等多個領域，足見重視程度之高。五四時期女性問題能引起輿論的廣泛關注，《新青年》的提倡和推動，功不可沒。

一方面，鑒於中國十分缺乏女性主義方面的知識和理論資源，《新青年》引介入大量關於女性問題的域外著作和學說：陳獨秀翻譯了法國Max O'Rell所著〈婦人觀〉，孟明翻譯了日本醫學士小酒井光次所著〈女性與科學〉，震瀛（即袁振英）翻譯了美國高德曼（Emma Goldman，1869-1940）的〈結婚與戀愛〉，周作人翻譯了日本與謝野晶子的〈貞操論〉[6]……這些譯文的刊載為國人打開了

---

第4期（2007年12月），頁423-458。

[4] 《新青年》很鼓勵女同胞「現身說法」。第2卷就曾登廣告，徵集關於女子問題的議論。6卷4號也刊有一則「新青年記者啟事」：「本志於此問題，久欲有所論列。只以社友多屬男子，越俎代言，應不切當。敢求女同胞諸君，於『女子教育』、『女子職業』、『結婚』、『離婚』、『再醮』、『姑媳同居』、『獨身生活』、『避妊』、『女子參政』、『法律上女子權利』等關於女子諸重大問題，任擇其一，各就所見，發表於本雜誌。一以徵女界之思想，一以示青年之指標。」《新青年》6卷4號，1919年4月15日。

[5] 〈本志宣言〉，《新青年》7卷1號，1919年12月1日。宣言是由陳獨秀擬稿的。

[6] 四文分別見《青年雜誌》1卷1號，1915年9月15日；1卷4號，1915年12月15日；《新青年》3卷5號，1917年7月1日；4卷5號，1918年5月15日。震

視野。另一方面，《新青年》鼓勵對於中國女性問題的公開討論。如果說最初陳獨秀褒揚「歐洲之七女傑」，「以為吾青年女同胞之觀感焉」[7]，還有些「但開風氣」的意味；那麼從二卷六號開始連續數期專門設立「女子問題」欄目[8]，足以證明《新青年》編者確實有意宣導對女性問題進行深入的研究。無論是針對「吾國無所謂女子教育問題」，主張「女子教育應與男子教育平等」，「應以賢母良妻為主義」，不要丟掉「吾固有之善」[9]；還是不滿於革命二字「惟政治與種族上可言，家庭與道德上則不可言」的狀況，鼓勵女子追求「有意識之平權」，「殊非以良妻賢母為究竟」[10]；無論是從男尊女卑、男女嚴別、蓄妾弊風、節孝名教等七方面，探討女子問題「根本之大解決」[11]；還是從「培植健良完全之國民」出發，以為「改良婚姻與育兒問題」，崇尚自由結婚，取締早婚陋習，乃「今日之第一急務」[12]；以及此後關於貞操問題的系列討論──思考進路不一，方案設計有別，但不妨礙論者共同認可推進改革的必要。

---

　　瀛還曾翻譯高德曼的〈近代戲劇論〉一文，刊於《新青年》6卷2號上。在此文中，高德曼把《娜拉》定義為易卜生「為婦人建設其解放之途徑之作」。見《新青年》6卷2號，1919年2月15日，第186頁。

[7]　陳獨秀：〈歐洲之七女傑〉，《青年雜誌》1卷3號，1915年11月15日，七人為奈廷格爾、蘇非亞、貞德、居禮、羅月、米雪兒、羅蘭夫人。

[8]　專欄載有李張紹南〈哀青年〉，陳錢愛琛〈賢母氏與中國前途之關係〉（2卷6號），梁華南〈女子教育〉（3卷1號），高素素〈女子問題之大解決〉，陳華珍〈論中國女子婚姻與育兒問題〉（3卷3號），吳曾蘭〈女權評議〉（3卷4號）等文。

[9]　梁華蘭：〈女子教育〉，《新青年》3卷1號，1917年3月1日。

[10]　吳曾蘭：〈女權平議〉，《新青年》3卷4號，1917年6月1日。

[11]　高素素：〈女子問題之大解決〉，《新青年》3卷3號，1917年5月1日。

[12]　陳華珍：〈論中國女子婚姻與育兒問題〉，《新青年》3卷3號。

　　婚姻制度始終是討論的一個焦點。舊式婚姻制度，遭到不遺餘力的抨擊：

> 舉世滔滔，所謂結婚者，皆金錢肉慾、卑污野心、物的苟合耳，不現些微之神的愛。女子僅為男子之犧牲，甚焉者，男女同為家族主義之犧牲。故所組之家庭，無生氣無精神，傀儡之扮演場，交謫交誶，相詐相虞，惡魔之黑暗獄耳。幸福兩字，非所夢見，故無愛之結婚，不如其己。[13]

所謂「無愛之婚姻」，顯然已經在愛情與婚姻之間作出了的區分。而3卷5號上也刊登了一篇美國無政府主義女性領袖高德曼文章的譯文，她把婚姻制度比作「保險合同」：

> 女子以其夫婿為保險費，其名譽、生命、幸福、自尊之種種觀念，一概委於其夫之手，誠有之死靡他之概。不惟此也，以若斯婚姻之保險合同，且判定其一生之倚賴，為寄生蟲，為一完全廢物，不惟無益於個人，且貽禍於社會。[14]

抨擊「無愛之婚姻」的危害，並不意味著所有人同意戀愛至上。劉延陵全面考察了「婚制之過去、現在、未來」，指出「嗣宗繼業之婚姻，專顧血種之傳續」，忽略了「尊重愛情」之義；而「極端戀愛之婚姻，專顧個人之自由」，「幾於最古無目的的婚姻相同，捨

---

[13] 高素素：〈女子問題之大解決〉，《新青年》3卷3號。

[14] 高德曼女士著，震瀛譯：〈結婚與戀愛〉，《新青年》3卷5號。

滿足男女自然之性慾以外，無他企圖」。他主張未來之婚姻，「必
為以前兩種制度之調和，是即學者理想之婚姻，亦可謂倫理之婚
姻」。在「倫理之婚姻」中，「個人合理之自由不當侵」，同時
「血種傳續不當忽」。

　　發表劉延陵此文時，編者陳獨秀特意在後面加了一段按語：
「劉君此文，意在反對自由戀愛及獨身生活兩種思潮，以為充其
類、盡其量，必至文明消滅，人類斷絕業也。」在陳獨秀看來，
「少數人獨身生活，人類社會不必因之滅亡。全體自由戀愛，更無
妨於傳殖。」不過，鑑於中國現狀，獨身主義和自由戀愛又確實有
可能造成「擇種留劣」、「淫墮者益以自恣」等後果[15]。

　　讀到這番評語，劉延陵覺得「固有未合鄙意」，於是寫信給
陳獨秀，聲明自己「未嘗反對無極端二字之『自由戀愛』」：「極
端之自由戀愛，即指但顧夫婦個人之逸樂，而為墮胎、溺兒之事；
此吾意中所謂婚後之不德。至於無極端二字之『自由戀愛』，則關
於婚前，固毫無可以反對之理；而弟實亦未有一字反對」，「文中
可以覆按也」。劉延陵還稱所以來信說明，是因為「惟弟極不願意
得罪自由之神，或因此而致世界青年罵我為古塚骷髏。」而陳獨
秀見信後，也再次回應，認為分「自由戀愛」與「極端自由戀愛」
為二，頗不可理解：「蓋既已贊成戀愛，又複贊成自由戀愛，尚有
何種限制之可言？『自由戀愛』與無論何種婚姻制度皆不能並立，
即足下所謂倫理的婚姻，又何獨不然？蓋戀愛是一事，結婚又是一
事，……不可並為一談也。」墮胎、溺兒諸事，於戀愛無涉[16]。

---

[15] 劉延陵〈婚制之過去現在未來〉與陳獨秀「按語」，見《新青年》3卷6
　　號，1917年8月1日。

[16] 劉延陵、獨秀：〈通信〉，《新青年》4卷1號，1918年1月15日。

客觀地說，陳獨秀對劉延陵文章主旨的概括確實不盡準確，後面的回應也有點強詞奪理。這是他一貫的氣質所致；也不排除是有意的編輯策略，借此激發讀者注意和參與。通信往來論辯，並刊載於雜誌上，是要創造意見交流、探討問題的對話空間[17]，不過主要還是希望吸引輿論關注，鼓動有創見的文章出現。

就在登有劉、陳通信的這一期上，發表了北大社會學教授陶履恭（即陶孟和，1887-1960）的〈女子問題——新社會問題之一〉一文。陶履恭不滿於《新青年》上已有討論的水準：

> 更通觀本志所刊佈諸文，捨一二投稿家外，非背誦吾族傳來之舊觀念，即剽襲西方平凡著者之淺說；欲求其能無所忌憚研究女子問題，解決女子問題，釋女子之真性，明女子之真位置，定女子與國家社會相密接之關係者，殆若鳳毛、若麟角。[18]

他認為女子問題「其成為問題也，純為社會狀態之所誕生、所醞釀」，必須把它與促其產生的社會狀態聯繫在一起來看。「吾今欲究中國女子問題，自不能不述及女子問題發源地之歐美，自不能不述及該發源地之社會狀態。」在此視野中，陶履恭探討了歐美女權興起的三方面原因：一、經濟之發達，「蓋先有經濟界之革命，然後向來家庭之經濟組織破。家庭之經濟組織破，然後女子博得經濟的獨立。既獲經濟的獨立，然後能脫歷史傳來之羈絆」；二、教育

---

[17] 關於「通信」欄的作用，參見李憲瑜：〈「公眾論壇」與「自己的園地」——《新青年》雜誌「通信」欄〉，《中國現代文學研究叢刊》2002年第3期。

[18] 陶履恭：〈女子問題——新社會問題之一〉，《新青年》4卷1號。

職業之發達，女子可以獲得充分的教育和職業機會；三、思想之發
達，「今日新思想之勢力，瀰漫磅礴，殆無往而不是狀態萬千之女
子，……咸於不知不覺之中，有偉壯不撓之精神」。他相信，「現
於歐洲今日之社會者，明日即將現於吾族之社會，今日歐美之女子
問題，必將速見臨於此邦」。

　　陶履恭充分意識到問題的複雜性，他把經濟、教育、職業、思
想等領域的歷史實踐帶入了女性解放的話語空間，顯豁地揭示出女
子問題是如何鑲嵌在具體的社會歷史條件和脈絡之中的，證實女子
問題與更大的社會變革之間的連帶關係。他的最終目的是為中國女
權運動造勢：「至於預俟其來，謀解決之方，則責堅任重，匪一人
任。要在今日之青年，而尤在今日之青年女子。」[19]

　　翻檢《新青年》雜誌，從文章的選用和編排中不難發現，把女
子問題作為宣導整體變革的一部分，其實是《新青年》的內在理念
和編輯策略。女子問題與政治、經濟、家族、倫理、道德、教育等
問題的討論，彼此配合、相互呼應，呈現出共生狀態。其中，女子
問題與對於家庭—宗法制度的全面批判，有著格外密切的「對應」
關係。這是中國女性解放話語興起的一個特殊背景。

　　在由《新青年》發起的「打倒孔家店」運動中，儒家家庭倫
理和宗法制度成為了眾矢之的。陳獨秀總結宗法制度的四大惡果：
「一曰損壞個人獨自自尊之人格；一曰窒礙個人意思之自由；一
曰剝奪個人法律上平等之權利（如尊長卑幼、同罪異罰之類），
一曰養成依賴性，戕賊個人之生產力」[20]；吳虞（1874-1939）直言

[19] 陶履恭：〈女子問題——新社會問題之一〉，《新青年》4卷1號。
[20] 陳獨秀：〈東西民族根本思想之差異〉，《新青年》1卷4號。

儒家倫理與專制主義的關係：「儒家孝弟二字為二千年來專制政治、家族制度聯結之根幹，貫徹始終而不可動搖。使宗法社會牽制軍國社會，不克完全發達，其流毒誠不減於洪水猛獸矣」[21]；李平認為「國人之腐敗、青年之墮落，要皆家庭所養成」，要謀革命，非從家庭開始不可[22]；傅斯年將摧殘個性的家族主義斥為「萬惡之原」[23]。論者為了證明家族制度的罪惡，常常援引女子問題作為重要證據。陳獨秀痛斥禮教之戕害女性：「不自由之名節，至淒慘之生涯，年年歲歲，使許多年富有為之婦女，身體、精神俱呈異態者，乃孔子禮教之賜也」[24]；吳曾蘭把「禮刑」中的不平等追溯到孔子：「況孔氏常以女與小人並成，安能認為主張男女平等之人？」[25]既然儒家倫理和宗法制度被認定為是造成女子問題的根源，那麼破除儒家倫理和宗法制度，自然就是女性解放的必經之路了。按照陳獨秀的說法：「此種倫理見解倘不破壞，新式的小家庭勢難生存於社會酷評之下。此建設之必先以破壞也。」[26]可以說，

---

[21] 吳虞：〈家族制度為專制主義之根據論〉，《新青年》2卷6號，1917年2月1日。胡適在為《吳虞文錄》所寫的序中，說吳虞是「四川省隻手打倒孔家店的老英雄」。

[22] 李平：〈新青年之家庭〉，《新青年》2卷2號，1916年10月1日。文中還列出「為新青年籌改造新家庭之準備」。大至一夫一妻的家庭組織形式，「親不為其子謀婚嫁」，小至「家庭必陳設整潔」，「家宅擇離市場、近學校之地為宜」。

[23] 孟真（傅斯年）：〈萬惡之原〉，《新潮》1卷1號，1919年1月。當時的無政府主義雜誌《實社自由錄》第二集上，甚至說一切家庭制度全是罪惡之源。

[24] 陳獨秀：〈孔子之道與現代生活〉，《新青年》2卷4號，1916年12月1日。

[25] 吳曾蘭：〈女權平議〉，《新青年》3卷4號。吳曾蘭是「打倒孔家店」的吳虞之妻。

[26] 常乃德、獨秀：〈通信〉，《新青年》3卷1號。

舊倫理的崩潰被普遍視為女性解放的前提。

綜觀《新青年》前四卷中的女性解放話語,儘管發言角度、具體看法並不一致,但是「脫離夫奴隸之羈絆,以完其自主自由之人格」的「解放」觀念[27],基本上得到共同認可。當時一些女性自己也意識到,「確立女子之人格」、「解脫家族主義之桎梏」,是解決女子問題的「中堅」[28]。這種把女性解放與對於社會黑暗特別是家庭制度的集中攻擊結合起來的言路,在「易卜生號」的最後一篇,即袁振英〈易卜生傳〉中體現得很突出。他對《娜拉》一劇的評論,也落筆在家庭罪惡上:「此劇仍點寫社會之詐偽,及名分心,攻擊家庭制度;寫婦女之地位,如愛鳥之在金籠,其表明家庭之罪惡,發展女子之責任……處今日家族婚姻制度之下,男女愛情,必無永久純一之希望;徒增社會之罪惡耳!」[29]

綜上可見,女性解放話語在醞釀、延展的同時,被愈益引向知識份子啟蒙規劃的方向。隨著「娜拉」的出現,知識份子終於找到了思想啟蒙的興奮點和「人的發現」的突破口。胡適的〈易卜生主義〉就是一個標誌。

---

[27] 陳獨秀謂:「解放云者,脫離夫奴隸之羈絆,以完其自主自由之人格之謂也。……蓋自認為獨立自主之人格以上,一切操行,一切權利,一切信仰,唯有聽命各自固有之智能,斷無盲從隸屬他人之理。」見〈敬告青年〉,《青年雜誌》1卷1號,1915年9月15日。
[28] 高素素列出了一個頗為全面的計畫:「解決女子問題,有兩前鋒:曰破名教,曰破習俗。有兩中堅:曰確立女子之人格,曰解脫家族主義之桎梏;有兩後殿,曰擴充女子之職業範圍,曰高舉社會上公認的女子之位置。」見〈女子問題之大解決〉,《新青年》3卷3號。
[29] 袁振英:〈易卜生傳〉,《新青年》4卷6號,1918年6月,第612-613頁。

## 第二節　「易卜生主義」：
## 個性解放與女性解放的「接合」

　　1918年《新青年》編輯部改組擴大，採取輪流編輯之法，第四卷由陳獨秀、錢玄同、劉半農、陶孟和、沈尹默、胡適輪流主編[30]。四卷六號正好輪到胡適，他首開先例，把這一期辦成「易卜生號」，「專號」形式在當時還是「中國文學界雜誌界一大創舉」[31]。而「易卜生號」的巨大成功，證明對於推動思想文學運動，「專號」確實是非常有效的編輯方式[32]。

　　「易卜生號」在編輯上經過精心安排。開首是胡適的〈易卜生主義〉；後面跟有三個劇本——羅家倫、胡適譯的《娜拉》，陶履恭譯的《國民之敵》（即《國民公敵》，分四期載完）和吳弱男譯的《小愛友夫》（分二期載完）；以袁振英的〈易卜生傳〉殿後，介紹作者生平和創作。置於卷首的〈易卜生主義〉，不僅僅是一個對易卜生作品的簡單導讀，它更是胡適個人人生觀和文化立場的闡發，也是「文學革命的宣言書」[33]。在促生「易卜生熱」，

---

[30] 張耀杰：〈北京大學與《新青年》編輯部〉，《歷史背後——政學兩界的人和事》，桂林：廣西師範大學出版社，2006年。

[31] 〈本刊特別通告〉，《新青年》4卷5號，1918年5月15日。《新青年》4卷4號上就刊有〈特別啟事〉，稱將在4卷6號推出「易卜生號」，並從海內外廣徵關於易卜生的著述。

[32] 此後，《新青年》數次推出「專號」，如「戲劇號」（5卷4號）、「馬克思主義研究號」（6卷5號）、「人口問題號」（7卷4號）和「勞動節紀念號」（7卷6號）等，可見編者對於這種形式的看重。

[33] 傅斯年在〈白話文學與心理的改革〉中說：「據我看來，胡適之先生的〈易卜生主義〉，周啟明先生的〈人的文學〉，和〈文學革命論〉、

奠定胡適作為五四啟蒙話語領軍人物的地位上，〈易卜生主義〉貢獻頗大。胡適自己極為看重這篇文章。1930年11月他為亞東圖書館出版的《胡適文選》作序，稱〈易卜生主義〉和〈《科學與人生觀》序〉、〈不朽〉三文，可以「代表我的人生觀，代表我的宗教」[34]。到1935年編選《中國新文學大系・建設理論集》時，他追溯「文學革命」，也把〈易卜生主義〉放在突出的位置：

> 民國七年一月《新青年》復活之後，我們決心做兩件事：一是不作古文，專用白話作文；一是翻譯西洋近代和現代的文學名著。那一年的六月裡，《新青年》出了一本「易卜生專號」，登出我和羅家倫先生合譯的《娜拉》全本劇本，和陶履恭先生譯的《國民之敵》劇本。這是我們第一次介紹西洋近代一個最有力量的文學家，所以我寫了一篇〈易卜生主義〉。在那篇文章裡，我借易卜生的話來介紹當時我們新青年社的一班人公同信仰的「健全的個人主義」。[35]

胡適對於「健全的個人主義」有著特殊的堅執，以之作為文化批判和思想建設的武器[36]。儘管他說過「多研究些問題，少談些主

---

〈建設的文學革命論〉等，同是文學革命的宣言書。」《新潮》1卷5號，1919年5月。

[34] 胡適：〈介紹我自己的思想〉，歐陽哲生編，《胡適文集》第5卷，第510頁，北京：北京大學出版社，1998年。

[35] 胡適：〈《中國新文學大系・建設理論集》導言〉，第28頁。

[36] 朱文華〈簡論胡適與易卜生主義〉，指出易卜生在對現實社會清醒的批判態度、重視解決具體的社會問題、強調健全的個人主義人生觀三個方面，與胡適相契合，見《社會科學》，1985年10月。吳二持〈胡適思想與易卜生主義〉，全面地分析了胡適與易卜生的思想聯繫；日本清水賢

義」[37]，但是終其一生，胡適始終沒有放棄對「易卜生主義」的信
仰。「易卜生主義」由於胡適的大力倡言而風行一時。

　　「易卜生主義」一語並不是胡適自己創造的，據勃蘭兌斯在
《易卜生論》一書中的介紹，易卜生在世時就已經出現「Ibsenism」
的詞彙[38]。蕭伯納（George Bernard Shaw，1856-1950）所寫的一本
論述易卜生的專著，也以「易卜生主義精華」為名。胡適1914
年寫過一篇討論易卜生主義的英文文章，在康奈爾大學（Cornell
University）哲學會上宣讀。《新青年》上刊登的這篇〈易卜生主
義〉，即是英文稿的增訂稿。全文共六節，前五節談易卜生的寫實
主義手法，易卜生戲劇所展現的家庭生活，易卜生論社會的三種勢
力──法律、宗教與道德，易卜生筆下個人與社會的關係，易卜生
的政治主義；第六節論述易卜生「充分發展自己的個性」的主張。
對個人主義和個性解放的稱頌，不僅是文章的收束，而且是胡適整
個闡釋的基調[39]。

---

　　一郎的〈革命與戀愛的烏托邦〉，則探討了胡適提倡的易卜生主義與工
　　讀互助團之間的關係。以上兩文均收耿雲志主編：《胡適研究叢刊》第
　　二輯，北京：中國青年出版社，1996年。

[37] 參見胡適：〈問題與主義〉，原載《每週評論》第31號（1919年7月20
　　日），收《胡適文集》第2卷，第249-252頁。

[38] 參見勃蘭兌斯：〈易卜生論・第三次印象〉，收高中甫編，《易卜生評
　　論集》，第69-106頁。

[39] 文章涉及九個劇本，除了《娜拉》、《群鬼》、《國民公敵》、《社會
　　棟樑》四大問題劇，還有《雁》（即《野鴨》）、《羅斯馬莊》（即
　　《羅斯莫莊》）、《海上夫人》、《博克曼》、《我們死人再生時》
　　（即《咱們死人醒來的時候》）。對於《雁》，胡適從個人與社會的關
　　係入手，解讀出社會對人的自由個性的摧折：「個人在社會裡，就同這
　　雁在人家半閣上一般，起初未必滿意，久而久之，也就慣了，也漸漸的
　　把黑暗世界當作安樂窩了。」「那本《雁》戲所寫的只是一件摧殘個人

　　胡適後來回顧〈易卜生主義〉，以為「這篇文章只寫得一種健全的個人主義的人生觀」，而所以能有「最大的興奮作用」，因為「它所提倡的個人主義在當日確是最新鮮又最需要的一針注射」[40]。他說得沒錯。衝破「人的依賴關係」的個性解放是當時青年的共同追求，也是啟蒙運動的中心議題。陳獨秀描述西方個人主義之益處：「現代倫理學上之個人人格獨立，與經濟學上之個人財產獨立，互相證明，其說遂至不可搖動；而社會風紀、物質文明，因此大進。」[41]高一涵（1885-1968）把個人主義看作國家強盛之本：「以獨立自重之精神，發揚小己之能力。而自由、權利二者，即為發揚能力之階梯。……一己之天性，完全發展，即社會之一員，完全獨立。積人而群，積群而國，則安固強盛之國家，即自其本根建起，庶足以巍峨終古，不虞突興突廢矣。」[42]魯迅感慨中國沒有「個人的自大」，缺少對「庸眾宣戰」的人，所以長期「不能振拔改進」[43]；傅斯年批評「摧殘『個性』，直不啻把『善』一件東西根本推翻」，號召青年衝破家庭的束縛，一意孤行，服從良心的支配[44]；陶履恭則提醒「舉凡家族制度、婚姻制度、勞動制度、政治制度、教育制度、交際制度，乃及其他無量數之制度」，所有的改革，「何一非個人之責任」，不可輕易脫卸責任[45]；——在在

才性的慘劇。」從中可看出胡適闡釋易卜生的明確偏向。
[40]　胡適：〈介紹我自己的思想〉，《胡適文集》第5卷，第510頁。
[41]　陳獨秀：〈孔子之道與現代生活〉，《新青年》2卷4號，1916年12月1日。
[42]　高一涵：〈共和國家與青年之自覺〉，《青年雜誌》1卷1號，1915年9月15日。
[43]　魯迅：〈隨感錄三八〉，《新青年》5卷5號，1918年11月15日。
[44]　孟真（傅斯年）：〈萬惡之原〉，《新潮》1卷1號，1919年1月。
[45]　陶履恭：〈社會〉，《新青年》3卷2號，1917年4月1日。

指向「人的覺醒」和個人主體性的建立[46]。〈易卜生主義〉的出現可謂正逢這個話語興起之時。由於直接表達了從傳統的家庭─宗族共同體中走出，尋找自由空間的知識份子們的文化和倫理立場，很快成為啟蒙的代表性論述。

也許是聯繫自身經歷有切身之感使然[47]，在〈易卜生主義〉中胡適不斷提到「娜拉」。他概括出易卜生所寫的家庭「有四種大惡德」：「一是自私自利；二是依賴性、奴隸性；三是假道德，裝腔作戲；四是怯懦沒有膽子。」[48] 在這樣的家庭裡，妻子不過是丈夫的玩意兒：「很像叫化子的猴子，專替他變把戲，引人開心的。……妻子對丈夫，什麼都可以犧牲；丈夫對妻子，是不犯著犧牲什麼的。」而娜拉一旦省悟，堅決地告別了腐敗的家庭：「（娜拉）忽然看破家庭是一座做猴子戲的戲臺，他自己是臺上的猴子。他有膽子，又不肯再裝假面子，所以告別了掌班的，跳下了戲臺，去幹他自己的生活。」胡適所看重的，正是這種「有膽子」的勇敢和「不肯再裝假面子」的誠實。他還以《群鬼》中阿爾文夫人的例子作為對比，說明沒有這種勇敢，最後的結局只能是毀滅性的。這個比較後來在胡適的日記裡再次出現：

---

[46] 關於五四個人主義內部的不同傾向，參見高力克：〈五四的個人主義〉，《五四的思想世界》，上海：學林出版社，2003年。

[47] 胡適自己的婚姻就是母親包辦的。很多材料已經證明，胡適一生在情感上並不那麼保守，但他對於包辦的婚姻確實恪守始終。胡適在公共領域主張的婚姻自由與他私人生活的實際之間的關係，近年來的研究參見江勇振：《星星‧太陽‧月亮：胡適的情感世界》（增訂本），北京：新星出版社，2012年。

[48] 胡適：〈易卜生主義〉，《新青年》4卷6號。以下引自〈易卜生主義〉的數段，不再另注。

> 卓克（Zucker）說，易卜生的《娜拉》一劇寫娜拉不近人
> 情，太頭腦簡單了。此說有理，但天下古今多少社會革新家
> 大概多有頭腦簡單的特性；頭腦太細密的人，顧前顧後，顧
> 此顧彼，決不配做革命家。娜拉因為頭腦簡單，故能決然跑
> 了；阿爾文夫人因為頭腦細密，故一次跑出復回之後，只能
> 作虛偽的塗飾，不能再有跑去的勇氣了。[49]

從易卜生劇作和書信中，胡適抽繹出「一種完全積極的主張」，那
就是個性解放：「個人須要充分發達自己的才性，須要充分發展自
己的個性。」胡適引述了易卜生關鍵的一段話：

> 我所最期望於你的，是一種真正純粹的為我主義，要使你
> 有時覺得天下只有關於我的事最要緊，其餘的都算不得什
> 麼。……你要想有益於社會，最好的法子莫如把你自己這塊
> 材料鑄造成器。……有的時候我真覺得全世界都像海上撞沉
> 了船，最要緊的還是救出自己。（《尺牘》第八十四）

關於易卜生「救出自己」的「為我主義」[50]，胡適解釋說：「社
會是由個人構成的，多救出一個人就是多準備一個再造新社會的
分子。」就像娜拉，「拋了丈夫兒女飄然而去，只為要『救出自
己』」，尋回「人」的神聖責任。所以，娜拉會這樣回答丈夫：

---

[49] 胡適：1921年6月3日日記，《胡適日記全編》第3冊，第290頁。
[50] 胡適後來在〈非個人主義的新生活〉（1920年）中，又區分「假的個人主
義」（就是「為我主義」）和「真的個人主義」（就是「個性主義」），
還有「獨善的個人主義」，見《胡適文集》第2卷，第564-565頁。

郝：最要緊的，你是一個妻子，又是一個母親。

娜：這種話我現在不相信了。我相信，第一，我是一個人，
　　正同你一樣。──無論如何，我務必努力做一個人。

胡適認為「做一個人」「須要有兩個條件」：「第一，須使個人
有自由意志。第二須使個人擔干係、負責任。」在娜拉原來的家
庭中，這兩個條件都不具備，她根本沒有發展個性的機會。她的
出走，正是把自己「鑄造成器」，擁有自由獨立人格的開始。這種
自由獨立的人格是現代文明的基礎，非但在革新家庭過程中必不可
少，也是社會和國家改良進步的希望：

> 家庭是如此，社會、國家也是如此。自治的社會，共和的國
> 家，只是要個人有自由選擇之權，還要個人對於自己所行
> 所為都負責任。若不如此，決不能造出自己獨立的人格。社
> 會、國家沒有自由獨立的人格，如同酒裡少了酒麴，麵包裡
> 少了酵，人身上少了腦筋：那種社會、國家決沒有改良進步
> 的希望。

少數人有了自由獨立的人格後，會去發起「維新革命」：「一切維
新革命，都是少數人發起的，都是大多數人所極力反對的。大多數
人總是守舊麻木不仁的；只有極少數人，──有時只有一個人，
──不滿意於社會的現狀，要想維新，要想革命。這種理想家是社
會所最忌的。」惟其如此，社會需要極力容忍、極力鼓勵自由獨立
的人格。

　　不過，「易卜生主義」所蘊涵的「革命」，是以個人主義為基礎的思想革命。文中舉到的「理想家」斯鐸曼，是反抗社會「迷信」的個人主義者，並不是搞政治鬥爭和群眾運動的革命家。「維新革命」顯然就是文中另一處所謂的「人心的大革命」。胡適借易卜生之口說：「那班政客所力爭的，全是表面上的權利，全是胡鬧。最要緊是人心的大革命。」[51]

　　之所以如此詳細地引述〈易卜生主義〉，因為在我看來，它顯示出五四啟蒙語境下，「個性解放」與「女性解放」如何「接合」（articulate）、嫁接到一起，相互協商以形成一種融貫的關係[52]。〈易卜生主義〉始終洋溢著個性解放的強烈呼喚，而胡適的「娜拉」闡釋也尤其強調個人主義。胡適特別指出在獨立人格層面，娜拉與斯鐸曼是相通的，都代表「真正純粹的個人主義」：

> 娜拉拋棄了他的丈夫兒女，深夜出門走了，為的是她相信自己是「一個人」，她有對她自己應盡的神聖責任：「無論如何，我務必努力做一個人！」《國民之敵》劇本裡的主人翁斯鐸曼醫生寧可叫全體市民給他上「國民之敵」的徽號，而

---

[51] 胡適：〈易卜生主義〉，《新青年》4卷6號。

[52] 使用「接合」（articulate）而非「結合」（combine），意在突出這種聯繫是非必然的、絕對的或者本質的，而是特定歷史時空下一種有意的選擇、聯結、熔鑄和整合的行為。「接合理論」（articulation theory）可以追溯到葛蘭西（Antonio Gramsic），拉克勞（Ernesto Laclau）在《馬克思主義中的政治和意識形態》中有詳細闡釋，強調意識形態要素的政治涵義並無必然歸屬，因此有必要思考不同的實踐之間偶然的連結。後為斯圖亞特・霍爾（Stuart Hall）所借用，運用到文化研究中。參見霍爾：〈後現代主義，接合理論與文化研究〉，《思想文蹤》第4輯，第203-230頁，廣州：暨南大學出版社，1999年。

不肯不說老實話，不肯不宣揚他所認得的真理。他最後宣言
道：「世上最強有力的人就是那最孤立的人！」這樣特立獨
行的人格就是易卜生要宣傳的「真正純粹的個人主義」。[53]

在〈介紹我自己的思想〉中，胡適再次把娜拉和斯鐸曼並提：「這
個個人主義的人生觀，一面教我們學娜拉，要努力把自己鑄造成個
人；一面教我們學斯鐸曼醫生，要特立獨行，敢說老實話，敢向惡
勢力作戰。」[54]女性的娜拉和永不知足、永不滿意的男性英雄斯鐸
曼，同時成為個性解放的典範。這是很有意味的。

　　把胡適的闡釋與此前《新青年》中關於「女性解放」的討論
放在一起看，會發現它們之間的潛在對話性。在胡適那裡，女性解
放與創造新的個人屬於同一個議題。通過張揚「個人主義」的話語
策略，把女性解放吸納入個性解放的要求中。如果說擺脫儒家倫理
和宗法制度的束縛，只是女性解放中「破」的方面，那麼把女性解
放納入了啟蒙理性的整體規劃之中，則體現了胡適「立」的努力。
胡適明確將個人主義樹立為女性解放的指導思想。宣傳「努力做
一個人」的理想，以超越和替代原先女性解放話語中「賢妻良母」
的目標。在胡適看來，這種獨立的、自我決定的個人，是新的公民
（citizen）的首要條件。而精神的覺醒和自由意志的顯現，就是女
性解放的關鍵。所以他會特別突出女性獲得主體性的瞬間，比如
「出走」。

---

[53] 胡適：〈《中國新文學大系‧建設理論集》導言〉，第28-29頁。
[54] 胡適：〈介紹我自己的思想〉，《胡適文集》第5卷，第511頁。

　　將「個性解放」與「女性解放」相接合的闡釋方式，造成了複雜的結果。一方面，借助於「易卜生主義」的風行，女性解放的話語實踐得到進一步推廣；另一方面，女性解放話語被啟蒙的宏大敘事所整合並分享，其反抗的路向、限度均為啟蒙的功利化追求（尤其是塑造內在的、有深度個體的目標）所支配，事實上造成了某種「去性別化」和「去政治化」的雙重結果。正如有研究者說的：「『女性』被啟蒙者塑造為激情的家庭反抗者，以覺醒者的姿態與『兒子』自然結成了同盟，共同為爭取『人』的資格而鬥爭，實際此時的反抗者並沒有鮮明的『性別』認定。」[55]這在一定程度上遮蔽了女性對於自身地位的性別意識和自覺，以及在經濟、政治結構變革上的要求。當女性反叛的短暫瞬間過去以後，等待她的，往往是再度無言地湮沒。

　　〈易卜生主義〉對易卜生在中國的傳播和接受作用甚大。此後人們討論個性解放與女性解放，往往會舉易卜生筆下的娜拉為例，而且基本都會遵照胡適的論述。潘家洵在〈易卜生傳〉中說：「易卜生覺得什麼民主政治，什麼服從多數的政治，都是胡鬧。要想改造社會，只有充分發展個人才性的一個法子。」[56]瑟廬的〈近代思想家的性慾觀與戀愛觀〉中有「易卜生的社會劇」一節，也謂：

　　　　易卜生誠然是一個強烈的個人主義者，像布蘭克司所說。他以這種主義作骨子，在他的作品裡，提倡道德問題、人生問題、社會問題、兩性問題等種種問題，所以他的戲劇稱為問

55　王桂妹：〈被書寫的叛逆：質疑「娜拉精神」〉，《西南師範大學學報（人文社會科學版）》2006年第3期。
56　潘家洵：〈易卜生傳〉，《易卜生集》第一集，第5頁。

題劇。……易卜生的社會問題劇，確是用這種單刀直入的態
度，暴露現社會當面的醜惡，暗示新生活的途徑。關於婦女
問題、性的道德問題，他更是首先提出。……《傀儡家庭》
裡所描寫的，就是注重在婦女也是一個人。[57]

直到袁振英《易卜生社會哲學》出現，才發生了一些變化。儘管
此書章節設置仍可看出〈易卜生主義〉的影響[58]，論述中也頗為重
視擺脫家庭、解放個性的一面，如「現在社會的腐敗和墮落，大部
分是在於家庭，確實的罪惡，又是在於家庭；所以我們要有毅力
來擺脫他」；「易氏要我們明白他的著作，對於女子解放，要女子
自動，不要男子干涉，因為男子還是自由的女子的大敵」；「個人
主義能夠造成這個世界，退化的人類恢復從前的忠誠的人，這種學
說，就是易卜生主義的基礎」；「不管是哪一種改造，都應該由個
人做起。個人要自由解放，社會根本才能夠改造」[59]。但是，袁振
英在討論易卜生對待社會的態度時，更為辯證。他不認為社會與個
人是截然對立的[60]。甚至還把易卜生與「社會主義」聯繫到一起：

---

[57] 瑟廬：〈近代思想家的性慾觀與戀愛觀〉，《婦女雜誌》6卷10號，1920
年10月。

[58] 以下是一些章節的名稱：卷一，「上編第四章　萬惡的婚姻的家庭」，
「下編第三章　個人奮鬥——意志，實行，自由，主義」，「第四章
社會的單位是個人還是家庭」，「第五章　女子解放——自由結合——
新社會」，「第六章　易卜生主義底基礎——個人主義」；卷二，「第
三章　易卜生底女性主義——利己主義與利他主義」，「第四章　易卜
生底個人主義」。

[59] 袁振英：《易卜生社會哲學》，第18、60-61、71、73頁。

[60] 袁振英：「易氏還以為家庭是社會的單位，……他保障個人的毅力和自
由活動，但是他沒有說過要犧牲社會為個人。」（第51頁）「人類不是

「易卜生的著作中，找不出『社會主義』一個名詞，這是很對的，但是邏輯上和自然上是符合的。易氏要開闢世界的法庭，去裁判現在的社會。」[61]這些都是在挑戰胡適的基本觀點了。而執著於「小我」的個人主義，最終沒有在中國的現實裡找到其具有根基的土壤[62]。

## 第三節　現實中的「娜拉」事件與知識者的衆聲

「易卜生號」出版後，娜拉「砰的一響」的關大門聲和《易卜生主義》中「救出自己」的呼喚，極大震動了當時中國的知識青年。爭當「娜拉」，成為一時風潮。出現了很多「不當玩偶」、「爭取獨立人格」的娜拉式的新女性。她們以實際行動反叛家庭，挑戰封建婚姻制度，追求自立。現實中的幾個「娜拉」事件，把女性解放的問題直接推到了輿論的中心。而知識者們並不完全一致的反應，也暴露出五四思想的多重面相性。

「李超事件」是其中最突出的。1919年8月，北京國立高等女子師範學校的廣西籍女學生李超病逝。李超父母早逝，她覺得「舊家庭的生活沒的意味」，同時為了避去高壓的婚姻，「故發憤要出門求學」。先到廣州，後來到北京，進入國立高等女子師範學校學習。但是她的過繼哥哥和其他家人反對這一選擇，並斷絕了她的經

---

完全在於個人，必要同人道聯合起來，才可以說是完善。」（第73頁）
[61] 袁振英：《易卜生社會哲學》，第79-81頁。
[62] 關於現代個人主義，參見李今：《個人主義與五四新文學》，哈爾濱：北方文藝出版社，1992年；余英時：〈中國近代個人觀的改變〉，收氏著《中國文化與現代變遷》，臺北：三民書局，1992年，尤其是第185-186頁。

濟來源。「他本來體質不強，又事事不能如他的心願，故容易致病。」最終貧病交加而亡，年僅二十三四歲。她的哥哥居然並不過問，以為李超「至死不悔，死有餘辜」[63]。

此事在當時受到知識界的極大關注。11月19日至26日，北京《晨報》連續刊發〈李超女士追悼大會啟事〉，廣為宣傳。11月30日，北京學界在女高師為李超舉辦頗為濃重的追悼會。參加者「男女約共千人以上」，「會場幾無容足地，贈送詩文輓聯者不下三百餘份」。蔡元培（1868-1940）、胡適、陳獨秀、蔣夢麟（1886-1964）、李大釗（1889-1927）五位特請演說者，「均如約而至，均淋漓盡致，全場感動，滿座惻然，無不歎舊家庭之殘暴，表同情於奮鬥之女青年。」梁漱溟（1893-1988）、黃日葵（1898-1930）、羅家倫、張國燾（1897-1979）、孫繼緒女士、陶玄女士等也自由發表了演說[64]。「這回集會，雖然是追悼李超。其實也可叫作女子問題的講演大會。」[65]

會上散發了胡適所撰的〈李超傳〉[66]，此文在《晨報》上連載三天。胡適說讀到李超死後朋友們整理出的信稿，「覺得一個無名的短命女子之一生事蹟，很有作詳傳的價值，不但他個人的志氣可使人發生憐惜敬仰的心，並且他所遭遇的種種困難，都可以引起

---

[63] 參見胡適〈李超傳〉，曾刊於《晨報》（1919年12月1日至3日）和《新潮》2卷2號（1919年12月），收《胡適文集》第2卷，第582-591頁。

[64] 〈昨日李超女士追悼會情形〉，《晨報》1918年12月1日。又胡適「日程與日記」，「11月30日」的預算欄中有「李超追悼會」，實行欄中畫勾，見《胡適日記全編》第3冊，第30頁。

[65] 「講壇欄」，蘇甲榮記，《晨報》1918年12月13日。

[66] 胡適是應李超的同學之邀為李超作傳記的。很早就動筆，直到追悼會五天前方完成，參見《胡適日記全編》，第12-25頁。

全國有心人之注意討論」。〈李超傳〉詳細記述了李超求學、受困的經過，結尾從李超命運中引出四個問題：「家長族長的專制」，「女子教育」，「女子承襲財產的權利」，「有女不為有後」。胡適延續了他對家族──宗法制度的批判，並挑明女子解放面臨的兩個現實困難──教育和財產繼承。李超要去廣州求學，她的哥哥認為鄉鄰女子「並未曾有人開遠遊求學之河」，恐怕鄉黨之人的指摘非議；李超父母無子，財產由過繼的兒子繼承，李超作為女兒沒有繼承權，不能在經濟上獨立，以至讀書求學受到限制。在胡適看來，李超「一生的遭遇可以用做無量數中國女子以寫照，可以用做中國家庭制度的研究資料，可以用做研究中國女子問題的起點，可以算做中國女權史上的一個重要犧牲者」[67]。

　　胡適撰寫〈李超傳〉討論女性問題，不是偶然的心血來潮。「易卜生號」推出後，胡適曾多次就女性解放問題發言。1918年9月他在北京女子高等師範學校講演，繼續發揮〈易卜生主義〉中張揚個性的意旨，列舉美國女性在享受教育、從事社會事業、參與政治活動等方面的狀況，讚美她們「超於良妻賢母」的人生觀和「自立」的精神。胡適將之與中國女性「良妻賢母」的人生觀和「倚賴」的特性作了比較，並寄希望於中國女子：

> 我們中國的姊妹們若能把這種「自立」的精神，來補助我們
> 的「依賴」性質，若能把那種「超於良妻賢母人生觀」，來
> 補助我們的「良妻賢母」觀念，定可使中國女界有一點「新

---

[67] 胡適：〈李超傳〉，《晨報》1919年12月1日至3日，又載《新潮》2卷2號，1919年12月。引自《胡適文集》第2卷，第591頁。

鮮空氣」，定可使中國產生一些真能「自立」的女子。[68]

對獨立的人格和精神的重視，還表現在他關於「貞操」的看法上。1918年胡適在《新青年》5卷1號上發表〈貞操問題〉，呼應與謝野晶子著、周作人譯的〈貞操論〉（載於《新青年》4卷4號）。他把「貞操」解釋為「人」對「人」的態度，指出片面要求婦女保持「貞操」是不合理的：

> 貞操不是個人的事，是人對人的事；不是一方面的事，是雙方面的事。女子尊重男子的愛情，心思專一，不肯再愛別人，這就是貞操。貞操是一個「人」對別一個「人」的一種態度。因為如此，男子對於女子，也該有同等的態度。若男子不能照樣還敬，他就是不配受這種貞操的待遇。[69]

視「貞操」為可以研究的「問題」，強調「貞操」的平等性，反對北洋政府公佈的褒揚貞操的條例，是胡適的基本態度。藍志先讀到後，寫信給胡適商榷「貞操」問題[70]。在給藍志先的覆信中，胡適特意提起「娜拉」：

---

[68] 胡適：〈美國的婦人〉，《新青年》5卷3號，1918年9月15日。

[69] 胡適：〈貞操問題〉，《新青年》5卷1號，1918年7月15日。

[70] 藍志先以為「夫婦關係，愛情之外，尚有一種道德的制裁」。他說《傀儡之家》中：「郝爾茂之愛娜拉，不可不謂濃厚，卻是感情的愛，並沒有人格的愛。一經事變，娜拉便恍然大悟：其夫平日之愛情，不過借他來滿足自己的感情，把他當作一個傀儡看待，所以決然割絕傀儡的恩愛，遍世界去覓人格的愛情。易卜生這篇，把感情的愛和人格的愛，說得最為透徹。……貞操即便是道德的制裁人格的義務中應當強迫遵守之一。」〈藍志先答胡適書〉，《新青年》6卷4號，1919年4月15日。

> 平常人所謂「貞操」，大概指周作人先生所說的「信實」，
> 我所說的「真一」，和先生所說的「一夫一婦」。但是人格
> 的觀念有時不限於此。先生屢用易卜生的《娜拉》為例。即
> 以此戲看來，郝爾茂對於娜拉並不曾違背「貞操」的道德。
> 娜拉棄家出門，並不是為了貞操問題，乃是為了人格問題。
> 這就可見人格問題是超於貞操問題了。[71]

胡適以娜拉之例來證明，人格觀念根本「超於平常人心裡的『貞操』觀念的範圍以外」。

　　談「貞操」如此，談更廣泛的女子解放問題，胡適注重的仍然是平等和自立。1919年上海《星期評論》雜誌社以「女子解放從那裡做起」為主題向胡適約稿，胡適答道：「女子解放當從女子解放做起，此外更無別法。」首先是女子教育的解放，「無論中學、大學，男女同校，使他們受同等的預備，使他們有共同的生活」；他還建議大學應「開女禁」[72]。1922年他在安慶講演，仍然標出「自立的能力」、「獨立的精神」，作為女子解放的要義[73]。

　　五四期間，胡適曾經針對「現今的人愛談『解放與改造』」的現象，指出「須知解放不是攏統解放」，「解放是這個那個制度的解放，這種那種思想的解放，這個那個人的解放，是一點一滴的解

[71] 胡適：〈胡適答藍志先書〉，《新青年》6卷4號，1919年4月15日。收入《胡適文存》時，改題為〈論貞操問題──答藍志先〉。

[72] 參見胡適：〈女子解放從那裡做起〉，《星期評論》第8號，1919年7月27日；〈大學開女禁的問題〉，《少年中國》1卷4期，1919年10月。

[73] 胡適：〈女子問題〉，張友鸞、陳東原記錄，《婦女雜誌》8卷5號，1922年5月。

放」[74]。在女性解放問題上，他顯然也抱持這樣的態度。他相信，女性主義的目標只有通過賣淫、教育等具體問題的解決方能實現，空談「主義」是解決不了這些問題的。他關注的始終是女性的個性自覺。只要喚醒這樣的自覺，只要有像娜拉的「出走」行動，種種女性「問題」，總會「一點一滴的進化」。

　　蔡元培在李超追悼會的演講中，表示胡適在〈李超傳〉中說的他都贊同，只是「偏於女子一方面」。「但我想與李女士同一境遇的，不知道有若干人。也不但是女子，就是男子，有這種悲慘境遇的也很多。」蔡元培提出解決的辦法有三：「第一是經濟問題的解決」，「要是改變了現在經濟組織，實行各盡所能各取所需的公則，再有李女士一樣好學的人，要求學便求學，還有什麼障礙呢？」「第二是退一步單就教育問題解決他」，主要是改革教育制度，「凡有中高等的教育，都可以隨意聽受，不要花錢，那凡有李女士一樣好學的人，要求學便求學，還有什麼障礙呢？」「第三是再退一步，單就教育界的一部分解決他」，即建立一定的教育基金，以利息幫助沒錢的學生[75]。對於女性問題，蔡元培著眼於教育制度的改革。「一退再退」的三個方案，證明他也傾向於具體「問題」的「一點一滴的改造」[76]。

---

[74] 胡適：〈新思潮的意義〉，《新青年》7卷1號，1919年12月1日。

[75] 〈蔡孑民先生演說〉，《晨報》1919年12月13日。

[76] 強調教育改革是婦女解放的根本，也是朱希祖的觀點。「現在我國男女不平等，講婦女問題的，要主張男女平分祖父遺產。這話雖然是公平，然我以為不如主張男女平等受完全教育。使男女都成為有用的人材，都能自立；……如此積累下去，男女真可以平等，女子不必靠父母及丈夫的財產了。」朱希祖：〈敬告新的青年〉，《新青年》7卷3號，1920年2月1日。

　　但是，陳獨秀的關注則不同。陳獨秀在演說中，將李超悲劇的根本原因歸結為社會制度的迫害：「李超女士之死，乃社會制度迫之而死耳。……社會制度，長者恆壓迫幼者，男子恆壓迫女子，強者恆壓迫弱者。李女士遭逢不幸，遂為此犧牲。同時，如湖南之趙女士亦為是死。」[77]他接著回顧了歷史上的婚姻制度與私有財產制度的關係。正是在私有制下，女子淪為了男人之俘虜，失去財產繼承與自主的人格。他認為關鍵不是性別問題，而是制度問題：「今日急待解決之問題，非男女對抗問題，乃男女共同協力問題。共同協力剷除此惡根性，打破此等惡習慣，如李女士趙女士之悲劇，庶幾不至再見」。

　　一個多月以後，陳獨秀在《新青年》上發表〈男系制與遺產制〉，對他演講的內容作了更詳細的發揮。他分析事件背後的社會因素：

> 　　李女士底承繼的哥哥，固然是殘忍沒有「人」的心；但是我以為不能全怪他，我對於社會制度要發兩個疑問：（一）倘若廢止遺產制度，除應留嫡系子女成年內教養費以外，所有遺產都歸公有，那麼李女士是否至於受經濟的壓迫而死？（二）倘若不用男系制做法律習慣底標準，李女士當然可以承襲遺產，那麼是否至於受經濟的壓迫而死？李女士之死，我們可以說：不是個人問題，是社會問題，是社會底重大問題。[78]

---

[77] 〈陳仲甫先生演說〉，《晨報》1919年12月13日。
[78] 獨秀：〈隨感錄八二　男系制與遺產制〉，《新青年》7卷2號，1920年1月1日。

陳獨秀認為婦女解放需要在解決不平等的社會制度的過程中實現。
較之於胡適注重倫理革新，陳獨秀更強調社會制度（特別是法律、
經濟制度）的改變。在另一篇文章中，陳獨秀徑直以〈女子問題
與社會主義〉為題，指出離了社會主義，婦女問題「斷不會解決
的」。他對「一個個問題的解決」的思路，提出批評：「如果把女
子問題分得零零碎碎，如教育、職業、交際等去討論，是不行的，
必要把社會主義作惟一的方針才對」。陳獨秀相信「社會主義不只
解決婦女的問題，且可以解決一切的問題」[79]。這顯然可看作陳獨
秀對「問題與主義」之爭的一種回應。

　　而且，不同於胡適對「攏統的解放」的保留，陳獨秀始終堅持
「解放」的正面價值：

> 解放就是壓制底反面，也就是自由底別名。近代歷史完全是
> 解放底歷史，人民對君主、貴族，奴隸對於主人，勞動者對
> 於資本家，女子對於男子，新思想對於舊思想。新宗教對於
> 舊宗教，一方面還正在壓制，一方面要求自由、要求解放。
> 事實本來是這樣，何必要說得好聽？……我們身在這解放時
> 代，大家只有努力在實際的解放運動上做工夫，不要多在名
> 詞上說空話！[80]

李大釗在李超追悼會上也作了演講，他的演講內容沒有見報，所以
無從確知他那天說過什麼。不過，從李大釗在五四前後發表的一系

---

[79] 陳獨秀：〈女子問題與社會主義〉，林茂生等編，《陳獨秀文章選編》
　　（中），第104-106頁，北京：三聯書店，1984年。
[80] 獨秀：〈隨感錄八三　解放〉，《新青年》7卷2號。

列關於女性解放問題的文章中，還是可以把握到他的觀點和傾向。
李大釗把女性解放訴求看作現代民主主義精神的一部分：

> 婦女解放與Democracy很有關係，有了婦女解放，真正的
> Democracy才能實現，沒有婦女解放的Democracy斷不是真正
> 的Democracy，我們若是要求真正的Democracy，必須要求婦
> 女解放。[81]

他指出在中國現狀下，「先作婦女解放的運動」，推廣「婦女的平和
美愛的精神」，可以進一步推動中國社會從專制社會變為民主社會。

在〈戰後之婦人問題〉中，李大釗解釋過現代民主主義的精
神，「就是令凡在一個共同生活組織中的人，無論他是什麼種族、
什麼屬性、什麼階級、什麼地域，都能在政治上、社會上、經濟
上、教育上得一個均等的機會，去發展他們的個性，享有他們的
權利」。他進一步說，西方婦人參政運動「也是本著這種精神起
的」，婦人也要爭取在生活上、法律上的權利。他希望中國的女界能
對「世界的婦人問題」發生興趣，並去改革「半身不遂」的社會。

借這篇文章，李大釗在女性解放中明確引入了階級的維度：
「女權運動，仍是帶著階級的性質。」他分析英國的女性爭得了選
舉權後的政治要求，不過「是與中產階級的婦人最有直接緊要關
係的問題，與那些靡有財產、沒受教育的勞動階級的婦人全不相
干」。「中產階級婦人的權利伸張，不能說是婦人全體的解放」，

---

[81] 李大釗：〈婦女解放與DEMOCRACY〉，《少年中國》1卷4期，1919年10
月15日。

只有「無產階級婦人」也解放了，那才是「婦人全體的解放」。他自己設想的女性問題「徹底解決的方法」是：「一方面要合婦人全體的力量，去打破那男子專斷的社會制度；一方面還要合世界無產階級婦人的力量，去打破那有產階級（包括男女）專斷的社會制度。」[82]就是說，階級關係的調整，才是解決女性問題的關鍵。李大釗的這個判斷，明顯體現出所受馬克思主義的影響——馬克思主義在女性問題上堅持認為，女性在物質上對男性的依附才是導致兩性在社會關係上不平等的根源；也源自他對於革命以後的蘇俄經驗的重視[83]。

　　李大釗在「問題與主義」之爭中曾經反駁胡適的觀點，認為「問題」固然需要重視，但要真正解決，卻離不開「主義」。在女性觀方面，他也更在意「主義」的根本性。他的思路跟陳獨秀接近，甚至比陳獨秀更直白地強調婦女問題要有一個「根本的解決」——「經濟問題的解決」：「經濟問題一旦解決，什麼政治問題、法律問題、家族問題、女子解放問題、工人解放問題，都可以解決。」[84]

　　梁漱溟則對陳獨秀的說法提出了異議。他認為陳獨秀忽視了啟發女子自身的自覺性：「我們省克自家的佔有性固是必要，我們於這負面的消極的之外可有個正面的積極的路子麼？……要求自由不是計算自由有多大好處便宜而要求的。是感覺著不自由的不可安

----

[82] 李大釗：〈戰後之婦人問題〉，《新青年》6卷2號，1919年2月15日。

[83] 李大釗認為，「蘇俄勞農政治下婦女享有自由獨立的量，比世界各國的婦女都多。」〈現代的女權運動〉，《李大釗文集》第4卷，第115頁，北京：人民出版社，1999年。《民國日報》從1919年4月12日到4月28日刊載〈勞農政府治下之俄國——實行社會共產主義之俄國真相〉，介紹說：「勞農政府對於婦女教育，也很注意」；「男女平權是俄國革命的最重要的產物」；「有列寧而後才能夠解放女子」。

[84] 李大釗：〈再論問題與主義〉，《每週評論》第35號，1919年8月17日。

而要求的。我願意大家的奮鬥不出於前種而發於後種」。不是「知識」，而是「慾望與情感」才是行動的根本動力。因此，應該先讓女子對其問題有所感覺，其方法是「涵養情感」。「情感便是佔有性的對頭。能使情感豐富，那佔有性便無處猖獗之患了。」陳獨秀的「省克人類佔有性」只是消極的辦法，而「涵養與發揮情感」才是「積極的道路」[85]。

梁漱溟還聯繫到追悼會現場情況，說明婦女對自身問題的自覺尤為必要：

> 到場都是男士，女士也多是本校的，街上許多女子穿著華麗的衣服滿街逛，對婦女問題卻沒理會。……北京的婦女不來弔一弔李女士卻華裝麗服坐汽車去街上跑，許多婦女並不要求婦女解放，這都是麻木。麻木就是處於情感的反面。有了迫切的要求，自然會尋覓路子去解決。[86]

梁漱溟在演說結尾，不忘聲明「富於情感」是「東方人的精神」。《東西文化及其哲學》中的整體性文化態度——以東方文明作為救贖資源[87]，在「李超事件」上已有流露。

後來發言的李超校友孫繼緒，則不完全贊成梁漱溟的觀點。她指出：「凡感情的發生，必定對一件事的真理十分明白，然後才能發生，我們說社會的不好，必定要先知道社會制度是什麼東西，然

---

[85] 〈梁漱溟先生演說〉，《晨報》1919年12月17日。
[86] 〈梁漱溟先生演說〉，《晨報》1919年12月17日。
[87] 梁漱溟：《東西文化及其哲學》，1921年10月由北京財政部印刷局初版，北京：商務印書館，2005年。

後才能辨別他的是非。」而判斷是非的能力則要靠教育養成。一個
人若不受教育，就沒有智識，沒有足夠判斷力。先有教育，才能有
自覺的發生：「所以我們要求女子與男子平等，必定先要求教育的
平等。要女子在社會上能夠活動，必定要先使他有這種能力，有這
種智識。」[88]否則，解放始終停留在少數人的口號階段。而蔣夢麟
的演說，強調這次追悼會「就是奮鬥精神的紀念會」。他讚揚李超
「用他的生活，作奮鬥的犧牲；戰死疆場，死是榮耀的」；而「那
一般闊佬的女子，穿紅著綠，在汽車上出風頭，他們是以生活當遊
戲會的」，失了人生的本義[89]。

在紀念李超的演說中不少人都提到「湖南之趙女士」，說的
是湖南長沙女青年趙五貞。1919年11月14日她為反抗父母包辦婚
姻，出嫁之日自刎於花轎中，以自殺來抗爭[90]。長沙《大公報》在
第二天即以〈新娘輿中自刎之慘聞〉為題進行報導，並在「隨意
錄」欄發表評論，感慨「嗚呼舊式婚姻，爾乃演此慘劇。文明進化
之二十世紀，豈容爾再肆狼狽，流毒於社會」[91]。其後幾日連續報
導此事[92]，引發了社會各界的大討論。一個月之內，毛澤東（1893-
1976）在長沙《大公報》上連續發表9篇評論文章[93]，由「趙五貞

---

[88] 〈孫繼緒女士演說〉，《晨報》1919年12月22日。

[89] 〈蔣夢麟先生演說〉，《晨報》1919年12月22日。

[90] 關於新聞報導中，「趙五貞」集叛逆英雄與貞潔烈女於一身的含混性，
以及最後的「戲劇化」，參見凌雲嵐：〈五四時期湖南女性作家的生存
空間〉，《中國現代文學研究叢刊》2005年第5期。

[91] 〈舊式婚姻之流毒〉，長沙《大公報》1919年11月15日。

[92] 參見〈新娘自刎案前因後果〉（16日）、〈新娘自刎案之餘聞〉（17
日）、〈趙五貞自刎案之真象〉（19日）。

[93] 〈對趙女士自殺的批評〉（16日）、〈趙女士的人格問題〉（18日）、
〈婚姻問題警告男女青年〉（同日）、〈改革婚姻問題〉（同日）、

事件」討論女性解放問題，鼓勵青年們從多方面入手改革婚姻制度的弊端。毛澤東分析了逼迫趙五貞求死的環境——有母家、夫家及社會這「三面鐵網」「堅重圍著」，「這三面鐵網，歸結起來，根源在於社會，……可以使趙女士死，也可以使錢女士、孫女士、李女士死」。毛澤東發現：「這件事的背後，是婚姻制度的腐敗，是社會制度的黑暗」，因此不能不高呼「社會萬惡」。[94]在他看來，婚姻制度根本是受經濟決定的：「（現代以前）不知有所謂『戀愛神聖』的道理，男女之間，戀愛只算附屬，中心關係，還在經濟，就是為資本主義所支配。」[95]毛澤東的論述，顯示出把婦女的解放與經濟制度的變革聯繫起來的思考趨向。

同樣面對包辦婚姻，趙五貞選擇了自殺，而長沙另一女青年李欣淑則選擇了離家出走。1920年春李欣淑為反抗包辦婚姻，毅然出走，去北京工讀。她公開登報聲明：「我於今決計尊重我個人的人格，積極同環境奮鬥，向光明的人生大道前進。」[96]李欣淑的行動給青年們以空前的鼓舞：

> 現在李欣淑女士出走，她抱百屈不撓的精神，實行奮鬥的生活，把家庭的習慣，名教的藩籬，一齊打破。她有徹底瞭解

---

〈「社會萬惡」與趙女士〉（21日）、〈非自殺〉（23日）、〈戀愛問題——少年人與老年人〉（25日）、〈打破媒人制度〉（27日）、〈婚姻上的迷信問題〉（28日）。

[94] 澤東：〈對趙女士自殺的批評〉，長沙《大公報》11月16日；〈「社會萬惡」與趙女士〉，11月21日。

[95] 澤東：〈女子自立問題〉，原載《女界鐘》1919年11月21日，收《毛澤東早期文稿》，長沙：湖南出版社，1990年。

[96] 熱：〈長沙第一個積極奮鬥的——李欣淑女士〉，長沙《大公報》1920年2月17日。

的新思想，她有愛世努力的人生觀，她有積極的辦法，她有
實踐的勇敢，她所發生的影響，在舊社會方面，可以給他們
各種的覺悟；新青年方面，可以給我們一個極大的教訓，比
趙女士所發生的影響要重要些，要遠大些，要切實些。[97]

李欣淑的出走不啻是「娜拉」出走在現實中的翻版。事實上，她確
實受到了「易卜生號」和《娜拉》的影響。在給胡適的信中，她談
到離家出走原因：「一來是我的父母要強迫我從人。二來是我自從
看了五卷《新青年》雜誌，我就不滿意我的環境。這都是去年秋季
的事。後因婚姻的期近了，我無法逃脫，只得三十六計走為上計，
一人冒險跑到北京來。」[98]證實了「娜拉」對當時女子的啟示意
義。李欣淑到京後，經黎錦暉（1891-1967）介紹找到了胡適。胡適
給予她一些資助，讓她先治目疾，然後準備上學。胡適以實際行動
表明自己對出走的「娜拉」的支持。

　　李超之病死，趙五貞之自殺，李欣淑之出走，正好與娜拉在
中國的廣泛傳播具有同時性。對於這些社會現實中的「娜拉」事
件，知識份子們迅速作出了反應。在「反對舊道德，提倡新道德」
上，他們可謂協同作戰。反覆上演的「娜拉」事件以及知識者們
的反應，在促成女性解放觀念進一步深入人心的同時，也顯現出了
中國女性解放問題的特殊性和難題性。通過對「娜拉」事件的發

---

[97] 香淑：〈李欣淑女士出走後所發生的影響〉，長沙《大公報》1920年2
月28日。

[98] 參見耿雲志編：《胡適年譜》，第82頁，成都：四川人民出版社，1989
年。「1920年3月11日」條，載「湖南女子李欣叔〔淑〕致信，述說她離
家出走的事」。

言，知識份子們開創了一個言說和討論女性問題的公共空間，並參
與了理想性「新女性」的創造。代表新資訊通道的報紙和雜誌的大
眾媒體，其重要性日漸凸顯。女性解放已不僅是概念或者口號，而
具體落實為一個展開在歷史社會時空中並依託於「印刷資本主義」
（Print Capitalism）[99]的話語實踐過程。更重要的是，女性解放話語
與啟蒙訴求聯繫在一起，代表著知識份子心目中的現代文化想像和
身份認同。知識份子們的女性解放論述，寄寓了他們關於轉型時期
中國社會應當如何改革或曰「中國如何現代」的思考。而在交響喧嘩
的多重聲音中，知識群體的分歧和啟蒙的內在裂隙日漸顯現出來了。

## 第四節　「解放」如何表述：
## 「娜拉型」話劇中的「出走」

在「娜拉」的中國接受中，知識份子針對易卜生劇作或者現實
中的「娜拉事件」直接發言讓人大開眼界；不過，另一種方式也不
容忽視，即通過話劇文本的創造，再現中國化的「娜拉」，建構中國
的「娜拉」譜系。如向培良（1905-1961）所言：「《新青年》最初介
紹Ibsen之劇本，直接應這個而起的有胡適之、熊佛西、侯曜等，他們
大體上都可以說是社會問題劇作家。」[100]他們以文學的方式，介入到

---

[99]　這個概念最早是Benedict Anderson在 *Imagined Community:Reflections on the Origin and Spread of Nationalism*（London: Verso, 1991）中提出的。以此對現代中國的分析，見Christopher A Reed, *Gutenberg in Shanghai: Chinese Print Capitalism, 1876-1937* (Vancouver, BC:University of British Columbia Press, 2004).

[100]　他提到熊佛西《青春底悲哀》、《新人的生活》，侯曜《棄婦》、《復活的玫瑰》，歐陽予倩《潑婦》、《回家以後》，汪仲賢《好兒子》等。參見向培良：《中國戲劇概評》，上海：泰東書局，1928年。此外

關於「娜拉」的闡釋之中，與大眾媒體中的思想評論文本進行潛在對話。在這個意義上，五四期間大量出現的「娜拉型」話劇值得關注。

　　首開「娜拉型」話劇先聲的，是胡適的《終身大事》。根據胡適在劇本前「序」中的交代，這個劇本本來是應朋友請求用英文寫出的，預備給在北京的美國大學同學會排演。因為尋不到女角色，沒有排演。後來有一個女學堂想用，所以才把它翻譯成中文[101]。

　　《終身大事》敘述的是年輕女子田亞梅與陳先生的婚姻，遭到父母反對。面對家庭的壓制和阻礙，田亞梅認定「這是孩兒的終身大事，孩兒該自己決斷」，離開家庭，與陳先生出走了。劇中的田母、田父，都有很強的象徵性，田太太近乎佛教、道教代言人；而田先生則是孔教倫理的代言人。

　　關於這部戲，胡適的初衷是寫一部Farce（「遊戲的喜劇」），不過在接受中是被作為社會問題劇看待的。對此，相信胡適自己不會反對。他在「跋語」裡簡述這部戲的遭遇，借一段反語表露內心的不滿：

---

還有郭沫若、白薇、陳大悲、曹禺、夏衍，都曾參與到「娜拉型」話劇的構建之中。「娜拉型」不斷被拓展和泛化。成仿吾《歡迎會》的主人公劉思明，也因「出走」行動，而被研究者們認為是「一個男性的娜拉」。1927年歐陽予倩寫《潘金蓮》，「翻數百年之陳案，揭美人之隱衷」，讓她發出控訴：「一個男人要磨折一個女人，許多男人都幫忙，乖乖兒讓男人磨折死的，才都是貞節烈女。受磨折不死的，就是淫婦。不願意受男人磨折的女人就是罪人。」《潘金蓮》也被視為「娜拉型」話劇。郭沫若在〈壽歐陽予倩先生〉中還提到：「吃人禮教二千年，弱者之名劇可憐。妙筆生花翻舊案，娜拉先輩續金蓮。」轉引自胡基文：〈記歐陽予倩先生六十大壽慶〉，收蘇關鑫編，《歐陽予倩研究資料》，第107頁，北京：中國戲劇出版社，1989年。

[101] 參見胡適：《終身大事》「序」，《新青年》6卷3號，1919年3月15日。

這齣戲本是因為幾個女學生要排演，我才把他譯成中文的。
後來因為這戲裡的田女士跟人跑了，這幾位女學生竟沒有人
敢扮演田女士。況且女學堂似乎不便演這種不狠道德的戲！
所以這稿子又回來了。我想這一層狠是我這齣戲的大缺點。
我們常說要提倡寫實主義。如今我這齣戲竟沒有人敢演，可
見得一定不是寫實的了。[102]

　　洪深編《中國新文學大系・戲劇集》時，重提女學生不敢演田
女士這段公案，評價道：「在封建勢力仍然強盛的中國，是沒有女
人敢『做』娜拉的！但這正說明瞭這齣戲的意義。」[103]即使在舞臺
表演中，「娜拉型」話劇裡的叛逆女性，都是由男性扮演的。「沒
有人敢『做』娜拉」的局面，直到1923年才被打破。當時還在上海
務本女學堂就讀的錢劍秋和王毓清等，接受導演洪深的邀請，參與
上海戲劇協社的年度演出，分別擔任《終身大事》中的田亞梅及其
母[104]。此後，由女性扮演的「娜拉」們才出現在舞臺上。
　　洪深在〈《中國新文學大系・戲劇集》導言〉中這樣談《終身
大事》：

[102] 胡適：《終身大事》「跋」，《新青年》6卷3號。
[103] 洪深：〈《中國新文學大系・戲劇集》導言〉，第23頁。
[104] 洪深安排男女同台的《終身大事》先演，再讓全男班的《潑婦》壓軸。
　　這樣，「觀眾先看了男女合演覺得很自然，再看男人扮女人，窄尖了嗓
　　子，扭扭捏捏，一舉一動都覺得好笑，於是哄堂不絕，這一笑，就使得
　　劇協的男扮女裝的演出壽終正寢了。」參見洪深：〈我們的打鼓時期過
　　了嗎〉，《良友畫報》108期，1935年1月。

> 這部戲，作者認為是「遊戲的喜劇」（即趣劇），這在田太
> 太和田先生兩個人底「性格描寫」的誇張上，是可以這樣說
> 的。可是田亞梅是那個時代的現實人物，而「終身大事」這
> 個問題在當時確又是一個亟待解決的問題，所以也可以說是
> 一出反映生活的社會劇。[105]

這也為後來的文學史所沿用。這裡沒必要再糾纏於《終身大事》到
底是不是社會問題劇，畢竟它是胡適在一天之內倉促寫出的，胡適
並沒有精心設計要寫成哪種類型。我們毋寧應把關注的重心，轉移
到劇作本身所透露出來的「症候」上，比如「出走」在「形式的意
識形態」層面的意義。一系列的矛盾衝突，都是為了導向最後田亞
梅的「出走」。「出走」成為敘事的基本動力，也蘊含著相應的歷
史勢能和文化政治意義。

　　如果更細緻地閱讀文本，我們會發現在劇中的前半部分，面對父
母的阻撓，田亞梅只是痛苦哀告，並無激烈的反叛舉動。真正促使她
作出「出走」決定的，竟是外來的因素——男友陳先生給她的一張字
條：「此事只關係我們兩人，與別人無關。你該自己決斷。」田亞梅
正是在男友字條的鼓勵和暗示下才出走的，連反叛話語都來自於陳先
生的教導。作者安排田亞梅「（重念末句）『你該自己決斷！』」，
立即又轉換主語再次重複道：「是的，我該自己決斷！」

　　陳先生在劇中始終沒有正面出現，然而卻有決定性的影響
力，也讓人感覺到他的極度自信。劇本中交代「他是一個外國留學
生」，「他家是很有錢的」，而且他是開著汽車在田家外面等候

---

[105] 洪深：〈《中國新文學大系‧戲劇集》導言〉，第22-23頁。

著。顯然，陳先生是正在崛起的新社會階級——階級中的一員，獲得了相對於田家佔優勢的經濟和社會地位，掌握了民主、自由這樣的現代思想武器；而且他還擁有田亞梅對他的愛情。所以，他能夠完全操縱「終身大事」的發展走向。正是陳先生以及他的經濟和政治資本，才使田亞梅的出走成為了可能。何況田亞梅留的字條裡有一句「暫時告辭了」，只是「暫時」而已，留下了妥協的可能，——她還是準備再回來的。如此看來，田亞梅的出走的「自覺」其實要打上折扣。女性的解放，說到底還需要隱藏在背後的男性充當支撐，指點出路，予以拯救。可以想見在新的家庭中，「陳先生」必將代替田亞梅的「父親」，重新獲得「家長」的權威。既有的性別秩序關係，仍然發揮著決定作用。當田亞梅留下字條，瀟灑地宣稱「坐了陳先生的汽車去了」時，不自覺顯露出男性作家內在的性別意識。女性依託男性才能實現絕塵而去的姿態，這在敘述效果上，強化了女性依附男性的性別等級秩序。更重要的是，汽車的出現，遠遠超出了交通工具的功能，而作為一種文明工具和財富象徵，在文本中取得了優勢的位置[106]。它意味著特定的身份和權勢，「坐汽車」的情節正體現出「現代」霸權在完成自我表述和確認的真實過程。

　　《終身大事》之後，中國本土化的「娜拉型」劇作相繼湧現。除了田亞梅，「出走的娜拉」還包括熊佛西《新人的生活》中不願給軍閥作小妾而追求獨立人格的曾玉英；余上沅《兵變》中受不了

---

[106] 藤井省三討論了《終身大事》與胡適留美經驗的關係，特別注意到「汽車的共和國」的細節，參見〈鉛筆的戀愛，汽車的共和國——胡適的留美經驗與《終身大事》〉，收入中研院文哲所籌備處編委會編，《民族國家論述——從晚清、五四到日據時代臺灣新文學》，第211-212頁，臺北：中央研究院中國文哲研究所籌備處，1995年。

封建姑媽管束而出走的錢玉蘭；歐陽予倩《潑婦》中與偽君子的丈
夫一刀兩斷的素心；……甚至不再局限於女性，成仿吾《歡迎會》
中就出現了一個「男娜拉」[107]。離家「出走」成為了這些「娜拉」
們的共同選擇。作者每每會安排他們在「出走」之際，作一番「娜
拉」式的宣言。熊佛西《新人的生活》裡，曾玉英稱：「我現在認
識了我自己是一個『人』，並不是一塊木頭，為什麼要給你們當
作『發財』、『害人』的材料呢？現在我自己要去做人了。」陳
大悲《是人嗎》裡，傅婉姑毅然與愛人私奔，理由也是「我是一個
人，……我始終要做像一個人」。余上沅的《兵變》則直接套用了
《終身大事》留字條的情節。玉蘭與方俊造謠要發生兵變，趁機逃
走。出門前，玉蘭在桌上留下紙條：「女兒因受不住姑媽的管束，
已同方俊搭車遠去。家人也不必追，逼之無益處。」[108]「出走」行
動，類似於一個「成人禮」，把女性的解放等同於瞬間性的抉擇，
彷彿所有的矛盾都可以通過這個抉擇一舉化解。

　　郭沫若的《卓文君》（1923年）也是典型的「娜拉型」話劇。
《卓文君》屬於「故事新編」，取材於歷史中卓文君與司馬相如的
私奔。1926年郭沫若把《卓文君》和《王昭君》（1923年）和《聶
嫈》（1925年）彙編成《三個叛逆的女性》出版。他談到《卓文
君》的創作動機：

---

[107] 洪深：「況且他們（指創造社——引者）創作的內容，又很一致，都是
　　反封建的。就中以成仿吾底《歡迎會》，稍為草率一點；劇中的劉思
　　明，只是一個男性的娜拉便了。」見〈《中國新文學大系・戲劇集》導
　　言〉，第48頁。
[108] 分別見熊佛西《青春底悲哀》（上海：商務印書館，1933年「國難後第
　　1版」），陳大悲《幽蘭女士》（上海：現代書局，1931年第3版），洪
　　深編《中國新文學大系・戲劇集》（上海：良友出版公司，1935年）。

卓文君的私奔相如，這在古時候是視為不道德的，就在民國
的現代，有許多舊式的道德家，尤其是所謂教育家，也依然
還是這樣。有許多的文人雖然也把它當成風流韻事，時常在
文筆間賣弄風騷，但每每以遊戲出之，即是不道德的仍認為
不道德，不過也覺得有些味兒，可以供自己潦倒的資料，決
不曾有人嚴正地替她辯護過，從正面來認她的行為是有道德
的。我的完全是在做翻案文章。「從一而終」的不合理的教
條，我覺得完全被她勇敢地打破了。[109]

郭沫若將卓文君塑造成一個勇敢地爭取幸福和自由叛逆的古代「新
女性」，竭力表彰她在婚姻問題上「不從父」的反抗精神。當出逃
事情洩露，被父親卓王孫指責為「傷風敗俗」的「逆女」時，卓文
君在「女兒和媳婦」與「人」之間，明確劃了一個界限：「我以前
是以女兒和媳婦的資格對待你們，我現在是以人的資格來對待你們
了。」[110]郭沫若投射於卓文君身上的「人」的自覺，能夠引起青年
對個性解放的強烈共鳴[111]。

---

[109] 郭沫若：〈寫在《三個叛逆的女性》後面〉，轉引自洪深：〈《中國新
    文學大系・戲劇集》導言〉，第49頁。
[110] 郭沫若：《卓文君》，引自洪深編：《中國新文學大系・戲劇集》，第
    184頁。
[111] 《卓文君》一劇在當時遭到了保守勢力的壓制。郭沫若〈寫在《三個叛逆
    的女性》後面〉中說：「民國十二年，浙江紹興的女子師範學校演過
    我這篇戲劇，竟鬧起了很大的風潮。……以為大傷風化，竟要開除學校
    的校長，校長後來雖然沒有開除，聽說這場公案還鬧到杭州教育會去審
    查過一回，經許多教育大家審定，以為本劇確有不道德的地方，決定了
    一個議案，禁止中學以上的學生表演了。」

　　郭沫若對女性解放的看法，在〈寫在《三個叛逆的女性》後面〉裡有集中表述。他認為女子和男子「同是一樣的人」，社會制度和道德精神「應該使各個人均能平等地發展他的個性，平等地各進他的所能，不能加以人為的束縛而單方有所偏袒」，然而，實際情況卻是：

> 女性困於男性中心的道德束縛之下，起而對於男性提出男女對等的要求，然而男性中心道德的支持者依然視以為狂妄而痛加阻遏。……他們以為私有財產制度和男性中心道德就好像天經地義一樣，只要這經義一破，人類便要變成禽獸，文明便要破產。……然而他們偏要說是社會主義和女權主義是洪水猛獸。……本來女權主義只可作為社會主義的別動隊，女性的徹底解放須得在全人類的徹底解放之後才辦得到。[112]

郭沫若以為「女權主義只可作為社會主義的別動隊」，「人類的徹底解放」是女性解放的前提。他的看法更傾向於馬克思主義女權理論，也是對陳獨秀、李大釗觀點的呼應。

　　細讀《卓文君》，會發現它對「出走」的處理，跟《終身大事》存在不少相似。卓文君也是受到了婢女紅簫的鼓舞和支持，才敢與司馬相如隔牆傳情的。紅簫為卓文君和司馬相如傳書送簡，為文君出走之事奔走效力，最後付出了生命的代價。她給了猶豫的卓文君以行動的勇氣。戲劇結尾，紅簫告訴卓文君：「小姐……

---

[112] 郭沫若：〈寫在《三個叛逆的女性》後面〉，轉引自洪深：〈《中國新文學大系・戲劇集》導言〉，第49-50頁。

他……不死的人……來了。」司馬相如作為一個「不死的人」的形象，出場時光輝照人。劇本中有兩段舞臺說明：

> （相如著白色寢衣，長一身有半，徐徐自都亭中走出。
> 文君昂首望相如，相如至文君前俯視者久之。幕徐徐
> 下。）[113]

卓文君出走的意義，最終需要司馬相如的出現來證明和驗收。對司馬相如的渲染，以及文君昂首、相如俯視的動作，暴露出作家表層性別主張與深層性別意識之間的分裂狀況。郭沫若在理論上贊成女子追求獨立自主，但是，當在文學文本中表現女性時，他內在男性性別意識會不自覺地流露出來。女性必須獲得另一股勢力的推動或驗收，尤其是男性的引導和救贖，才能最終成為「新女性」。「出走」這個看似激烈的行動，背後牽涉到複雜的性別政治。

　　「娜拉型」話劇中的「出走」情節，很大程度上模仿了易卜生的《玩偶之家》。但是，從易卜生筆下的娜拉，到「娜拉型」話劇中的「田亞梅」們，又發生了一些關鍵變化。田亞梅們的出走與娜拉的出走，頗多不同之處。首先，娜拉出走是因為要擺脫詐偽，而田亞梅們的出走主要是反抗壓制。詐偽和壓制都和「愛情」有關。只不過，在《玩偶之家》中，愛情作為值得反思的幻象而被拷問；在中國的娜拉型話劇中，愛情的自主權卻高於一切，對愛情的信仰和捍衛，成為反抗壓制的武器。其次，娜拉擺脫的是自己的丈夫，離開的是一夫一妻的現代核心家庭，她根本質疑男權中心的現代家

---

[113] 郭沫若：《卓文君》，《中國新文學大系·戲劇集》，第186頁。

庭制度和兩性權力關係；而田亞梅們對抗的則是自己的父母家人，離開的是父母的「封建之家」。她們不假思索走向的，恰恰是自由戀愛結合而成的現代核心家庭，是對丈夫的歸依。換言之，離開了父親的家門後，以妻子的身份走入了另一個家。再次，娜拉出走時，決絕中不乏對未來的迷惘和惶惑；而田亞梅們通常顯得非常輕鬆和充滿樂觀。這些不同，表徵出作為女性解放運動「引路人」的男性知識份子的集體症候──既有對啟蒙、對現代的樂觀想像，也有在新的意識形態下攜帶的性別焦慮。

　　大部分「娜拉型」話劇中模仿痕跡太強，情節設置明顯程式化，而且基本都採用詳述出走前、省略出走後的敘述模式，避免了直接觸碰「出走」後的現實困境。侯曜的《棄婦》（1922年）和歐陽予倩的《潑婦》（1922年）反倒是兩個例外。《棄婦》中的女主人公吳芷芳，受婆婆和丈夫的折磨，像娜拉一樣離家出走，宣稱「我與其做萬惡的家庭的奴隸，不如做黑暗社會的明燈！我與其困死在家庭的地獄裡，不如戰死在社會的地獄裡」。但話劇並沒有終止在「出走」。吳芷芳進入社會後，先去書局做事，後又從事女權運動，她不斷遭受糾纏，而侮辱和污蔑她的正是打著女權運動招牌的偽君子。她無路可走，最後進入尼姑庵並發了瘋。小說的悲劇結局迥異於「娜拉型」話劇中普遍的亮色結尾，為「出走」布下了一個沉重的暗影[114]。

　　《潑婦》寫青年學生陳慎之（又一位「陳先生」）和于素心自由戀愛，歷經波折終於結婚。曾經自命為女子解放中堅分子的陳

---

[114] 侯曜的《棄婦》曾於1924年由長城畫片公司拍成影片，導演即是侯曜和李澤源。這是長城公司拍攝的第一部影片。

慎之，畢業後當了銀行經理，瞞著妻子納妾。妻子于素心一邊念
書，一邊照料孩子，還經常為不認可自由婚姻的公公婆婆送飯菜、
做衣服和鞋子，在現代女性和賢慧媳婦之間尋求統一。當她發現丈
夫「赤誠」表白的背後，竟是娶妾進門的行徑，終於明白愛情承諾
的虛幻。她逼迫陳退掉買來做妾的王氏，並在離婚書上簽字，然後
宣佈離家出走，帶走了兒子和王氏[115]。這個「出走」事件，不同於
大部分「娜拉型」話劇，更接近於易卜生筆下娜拉的本來面目──
對虛偽愛情的抨擊，對新式家庭的反叛，以及堅決的獨立意識。但
是，作者是將「出走」放在一個特殊氛圍中來呈現的。話劇暗示陳
家中對於納妾的支持態度，陳慎之的背叛在新舊夾雜的思想和社會
環境中找到了解釋，於是他在這場家庭危機中要付的責任大大減輕
了。現代的危機局面再一次被轉化為了「反封建」的命題。而且于
素心最後的「完美」行動，在敘事上不合情理，似乎是作者為了表
達「反封建」主題而直接加諸其身的。就閱讀效果而言，反而顯得
較為概念化。

　　《潑婦》在於素心躊躇滿志的「出走」中結束。然而，她「走
後怎樣」呢？這個問題依然懸而未決。

---

[115] 參見歐陽予倩：《潑婦》，《歐陽予倩全集》第1卷，第35-54頁，上
　　海：上海文藝出版社，1990年。

# 第三章　「娜拉走後怎樣」：
# 女性解放的繼續追問

「我是我自己的，他們誰也沒有干涉我的權利！」

——魯迅：《傷逝》

人生最苦痛的是夢醒了無路可以走。

——魯迅：〈娜拉走後怎樣〉

## 第一節　從娜拉出走到中國改造：
## 魯迅的思想光譜

　　從《娜拉》的引入，「易卜生主義」的傳播，到以《終身大事》為代表的「娜拉型」話劇的湧現，娜拉已經深入人心，成為五四啟蒙的重要符號和女性解放的象徵。知識份子借助「娜拉」，呼籲女性們與封建家庭決裂，像娜拉一樣出走。就在這股「娜拉熱」方興未艾之際，魯迅顯得很冷靜，「不合時宜」地澆上了一瓢冷水。1923年12月26日，魯迅在北京女子高等師範學校文藝會做演講，提出「娜拉走後怎樣」的尖銳問題。他直言，出走的娜拉仍有可能為了錢而賣掉自由。而她的未來，「或者也實在只有兩條路：

不是墮落，就是回來」[1]。

　　魯迅是最早向中國讀者介紹易卜生的一員。通過日本的仲介，他發現了「尼采式」的易卜生。《國民公敵》中的斯鐸曼醫生的強者形象給魯迅留下了強烈的印象，他對易卜生的整體印象也受此影響，認定「伊孛生之所描寫，則以更革為生命，多力善鬥，即迕萬眾不懾之強者也」[2]。魯迅在文章中多次提到過易卜生[3]。他曾表彰易卜生的破壞偶像精神：「外國是破壞偶像的人多」，「那達爾文易卜生托爾斯泰尼采諸人，便都是近來偶像破壞的偉大人物。」[4] 引用《群鬼》的情節，證明「可怕的遺傳」的危害：「可怕的遺傳，並不只是梅毒；另外許多精神上體質上的缺點，也可以傳之子孫。」[5] 還稱讚過易卜生與盧梭、斯諦納爾、尼采等都是「軌道破壞者」，「他們不單是破壞，而且是掃除，是大呼猛進，將礙腳的舊軌道不論整條或碎片，一掃而空」，而中國卻「很少這一類人」[6]。不過在五四期間，魯迅對易卜生的論述並不突出。他立足於易卜生對現實的批判性，並沒有過多吹捧易卜生作品中的個性解放色彩，也沒有把《玩偶之家》樹為女性解放的「指示標」。

---

[1]　魯迅的演講稿最初發表於1924年在北京女子高等師範學校《文藝會刊》第6期，轉載於上海《婦女雜誌》10卷8號，收入《墳》。引文見《魯迅全集》第1卷，第159頁。

[2]　魯迅：〈文化偏至論〉，《魯迅全集》第1卷，第55頁。

[3]　如〈隨感錄四六〉（1919年）、〈我們現在怎樣做父親〉（1919年）、〈再論雷峰塔的倒掉〉（1925年）、〈奔流編校後記（三）〉（1928年）、〈上海文藝之一瞥〉（1931年）、〈憶韋素園君〉（1934年）等。

[4]　魯迅：〈隨感錄四六〉，《新青年》6卷2號，1919年2月15日。

[5]　魯迅：〈我們現在怎樣做父親〉，原載《新青年》6卷6號，見《魯迅全集》第1卷，第134頁。

[6]　魯迅：〈再論雷峰塔的倒掉〉，《魯迅全集》第1卷，第192頁。

　　魯迅並非不關心女性解放的問題。他曾參加《新青年》中關於「節烈觀」的討論，在〈我之節烈觀〉中，魯迅提出兩個質問：「節烈是否道德？」「多妻主義的男子，有無表彰節烈的資格？」他的回答是否定的，因為「道德這事，必須普遍，人人應做」；男女「都有一律應守的契約」，「男子決不能將自己不守的事，向女子特別要求。若是買賣欺騙貢獻的婚姻，則要求生時的貞操，尚且毫無理由，更何況多妻主義的男子，來表彰女子的節烈」。他進一步揭示「節烈」發生的社會原因在於「社會的公意」：「社會的公意，向來以為貞淫與否，全在女性」。魯迅把這「公意」稱為「無主名無意識的殺人團」[7]。對「節烈」的批判，是魯迅對整個「儒效」批判的一部分，他考慮的是現在中國人「正當的幸福」[8]。

　　相對於胡適等人高調提倡「易卜生主義」，規劃女性解放藍圖，魯迅似乎有點像個旁觀者。他對於戲劇性的「覺醒」和「解放」，一向有著深刻的懷疑。在作於1920年的《頭髮的故事》中，「脾氣有點乖張」N先生質問「理想家」們的號召：

　　　　「現在你們這些理想家，又在那裡嚷什麼女子剪髮了，又要造出許多毫無所得而痛苦的人！

　　　　「現在不是已經有剪掉頭髮的女人，因此考不進學校去，或者被學校除了名嗎？

　　　　「改革麼，武器在那裡？工讀麼，工廠在那裡？……

---

[7]　魯迅：〈我之節烈觀〉，原載《新青年》5卷2號，1918年8月15日，收《魯迅全集》第1卷，第116-125頁。

[8]　錢理群對〈我之節烈觀〉有詳細的分析，參見〈「保存我們」是「第一義」的〉，《魯迅作品十五講》，北京：北京大學出版社，2003年。

　　　「我要借了阿爾志跋綏夫的話問你們：你們將黃金時
　　代的出現預約給這些人們的子孫了，但有什麼給這些人們
　　自己呢？」

N先生甚至憤激地說：「仍然留起，嫁給人家做媳婦去：忘卻了一
切還是幸福，倘使伊記著些平等自由的話，便要苦痛一生世！」[9]N
先生當然不等於魯迅，但是魯迅卻借N先生對「我」的駁難，表達
出自己內心深處的懷疑[10]。在聽「將令」發出「吶喊」時，魯迅心
裡始終潛藏著對啟蒙主義的反省和絕望。在他看來，「理想家」
們鼓吹的「娜拉式」的女性解放運動，是很可懷疑而難以成功的。
1923年，面對一群正接受高等教育的五四新女性，魯迅終於直接道
出了他的懷疑。

　　魯迅先是出人意外地提出「娜拉要怎樣才不走」一問。他舉了
《海的夫人》的例子，女主人公從丈夫那裡得到了選擇的自由，便
決定不走了。走與不走，她能夠自己選擇，還要自己負責任，這樣
「或者也便可以安住」。魯迅關心的是，女性自身是否有作出決定
的自主權。如果沒有，那麼女性「真實的自我」只能是一種想像和
虛構，最終還將裂解。

　　隨即魯迅話鋒一轉，「娜拉畢竟是走了。走了以後怎樣？伊孛
生並無解答。」他引述了兩個人的意見，接著說：

---

[9]　魯迅：《頭髮的故事》，《魯迅全集》第1卷，第464-465頁。
[10]　吳曉東認為《頭髮的故事》由於設置了一個反諷的第一人稱敘事者，造
　　成了閱讀心理的前後反差。讀者的閱讀，經歷了一個由最初認同敘述者
　　「我」，到最後超越敘述者的判斷轉而趨向於隱含作者以及人物N先生
　　的價值規範過程。參見〈魯迅小說的第一人稱敘事視角〉，《記憶的神
　　話》，第204-205頁，北京：新世界出版社，2001年。

> 從事理上推想起來，娜拉或者也實在只有兩條路：不是墮
> 落，就是回來。因為如果是一匹小鳥，則籠子裡固然不自
> 由，而一出籠門，外面便又有鷹，有貓，以及別的什麼東西
> 之類；倘使已經關得麻痺了翅子，忘卻了飛翔，也誠然是無
> 路可以走。[11]

這看似是對娜拉出路的抽象概括，其實是有著具體所指，凝聚著
對中國歷史和現實的深刻洞察。魯迅探討的是，在五四以後中國
的現實語境中，出走的娜拉們面對社會，究竟何以自處。覺醒以
後，怎樣獲得自由？換言之，魯迅所直面的是「革命的第二天」的
問題[12]。

　　魯迅與主導的啟蒙話語之間的區別，在這裡顯現了出來[13]。啟
蒙話語的基本預設是，「出走」一定會有「自由」，只要思想覺
醒，接受自由、平等這樣的價值準則，成為有個性的原子化的個
體，就可以擺脫一切舊有傳統的束縛，達到人性的自由解放，並促
使現實的改善。而且，啟蒙話語正是以未來的「自由」之夢來鼓動
青年的反叛行動的。然而，魯迅顯然難以認同那樣的簡單樂觀。他

---

[11] 魯迅：〈娜拉走後怎樣〉，《魯迅全集》第1卷，第159頁。

[12] 丹尼爾・貝爾（Daniel Bell）這樣解釋「革命的第二天」：「真正的問題
都出現在『革命的第二天』。那時，世俗世界將重新侵犯人的意識。人
們將發現道德理想無法革除倔強的物質慾望和特權的遺傳。人們將發現
革命的社會本身日趨官僚化，或被不斷革命的動亂攪得一塌糊塗。」《資
本主義文化矛盾》，第75頁，趙一凡等譯，北京：三聯書店，1989年。

[13] 關於魯迅與「啟蒙」的關係，竹內好的《魯迅》有詳細分析，收入孫歌
編：《近代的超克》，北京：北京大學出版社，2005年。拙文〈重思魯
迅與中國現代文學的「原點」〉，重新反思了竹內好關於「啟蒙者魯
迅」的論述，《文藝理論與批評》2006年第2期。

從一開始就意識到「鐵屋子的萬難毀滅」,害怕弄醒了熟睡的人,
但又不能摧毀那個「鐵屋子」[14],致使青年獨自肩負著人生的苦痛和
殘酷的懲罰。他認為「人生最苦痛的是夢醒了無路可以走」,「倘沒
有看出可走的路,最要緊的是不要去驚醒他」,尤其是不要隨便預約
「黃金世界」,設定烏托邦。否則代價是「要使人練敏了感覺來更
深切地感到自己的苦痛,叫起靈魂來目睹他自己地腐爛的屍骸」[15]。
魯迅從不以「啟蒙導師」自居:「中國大概很有些青年的『前輩』
和『導師』罷,但那不是我,我也不相信他們。」面對青年,卻常
常產生「自己也幫助著排筵宴」,「做這醉蝦的幫手」的罪感[16]。

　　這都出於魯迅對「啟蒙」和「啟蒙者」角色極為徹底的反省。
魯迅覺得,啟蒙僅僅造成了「覺醒的心」,這是遠遠不夠的。自我
醒覺,理解自身處境,並不意味著就會有「自由」。他敏銳地意識
到自由與經濟之間存在著不容迴避的關聯,女性解放的前提是經濟
的獨立。「除了覺醒的心以外,……她還須更富有,提包裡有準
備,直白地說,就是要有錢。……所以為娜拉計,錢——雅的說
罷,就是經濟,是最要緊的了。」爭取經濟權有兩個具體目標:
「第一,在家應該先獲得男女平均的分配;第二,在社會應獲得男
女相等的勢力。」[17]

---

[14]　魯迅:〈《吶喊》自序〉,《魯迅全集》第1卷,第415-420頁。
[15]　魯迅:〈娜拉走後怎樣〉,《魯迅全集》第1卷,第160頁。
[16]　參見魯迅〈寫在《墳》後面〉,《魯迅全集》第1卷,第284頁;〈答有
　　　恆先生〉,《魯迅全集》第3卷,第454-457頁。在〈答有恆先生〉中,
　　　魯迅說:「弄清了老實而不幸的青年的腦子和弄敏了他的感覺,使他萬
　　　一遭災時來嘗加倍的苦痛,同時給憎惡他的人們賞玩這較靈的苦痛,得
　　　到格外的享樂。」
[17]　魯迅:〈娜拉走後怎樣〉,《魯迅全集》第1卷,第160-161頁。

　　魯迅道出了中國的娜拉們沒有認清的一個現實，即「出走」所象徵的解放，不過是擺脫傳統的倫理和家庭結構；但是，在當時資本主義經濟制度下，只有男人才擁有經濟權。「出走」的女性立於社會時，因為沒有經濟權，仍然需要依附著男人，受到男性主導的經濟、社會秩序的支配。「出走」並沒有讓女性完全擺脫男性的枷鎖，只不過由封建家庭的「傀儡」，變成了資本邏輯的「傀儡」。在這樣的情況下，她們的結果只能是「墮落」或者「回來」。

　　當魯迅宣佈「自由固不是錢所能買到的，但能夠為錢而賣掉」時，他戳破了五四啟蒙話語所構造的女性解放的幻象，給仿效娜拉的新女性們一個當頭棒喝。值得注意的是，魯迅並沒有簡單地規劃一條替代性道路。他誠然非常重視經濟權的爭取，在這一點上與陳獨秀、李大釗對於經濟的根本性的強調有相通之處。但是，魯迅並不認為只要經濟方面得到自由，女性就一定能獲得自由：

> 在經濟方面得到自由，就不是傀儡了麼？也還是傀儡。無非被人所牽的事可以減少，而自己能牽的傀儡可以增多罷了。因為在現在的社會裡，不但女人常作男人的傀儡，就是男人和男人，女人和女人，也相互地作傀儡，男人也常作女人的傀儡，這決不是幾個女人取得經濟權所能救的。[18]

魯迅沒有將女性解放簡單地化約為經濟權的問題。他只是認為這是一個切近的努力方向。在這以外，女性解放還牽涉到方方面面的條件和因素。魯迅甚至提到女性有成為「自己能牽的傀儡」的

---

[18] 魯迅：〈娜拉走後怎樣〉，《魯迅全集》第1卷，第163頁。

可能[19]。而這是接受馬克思主義女性觀的陳獨秀、李大釗他們所忽視的。

　　既然重視經濟權，而經濟權的獲得，必須通過中國社會經濟、政治制度的根本改變才能實現；那麼如何改變中國，便是應當面對的問題。魯迅意識到改造的極端困難：「中國太難改變了，即使搬動一張桌子，改裝一個火爐，幾乎也要血；而且即使有了血，也未必一定能搬動。」[20]他提倡的是「深沉的韌性的戰鬥」。這個主張一直貫穿到他後半生接近左翼道路後，也沒有改變。

　　魯迅與不少五四啟蒙知識份子最大的不同，就是他執著於「真實」，不斷懷疑著各種宣稱將帶來光明未來的解決方案。在〈娜拉走後怎樣〉中，魯迅談到了新倫理建立的一種可能──「將來利用了親權來解放自己的子女」，但他還是覺得人們「因為能忘卻，所以往往照樣地再犯前人的錯誤」，所以對這種「平和的方法」不能不抱有懷疑。魯迅也很懷疑「出走」的激烈姿態和瞬間行動。他指出娜拉「人物很特別，舉動也新鮮」，能得到「若干人們的同情」，「然而倘有一百個娜拉出走，便連同情也減少，有一千一萬個出走，就得到厭惡了」。同時，魯迅還反對以「為社會」名義「勸誘人做犧牲」，因為「震駭一時的犧牲」往往只是成為群眾觀賞的好戲：「群眾，──尤其是中國的，──永遠是戲劇的看客。

---

[19] 魯迅後來曾在多篇文章中涉及此問題。針對1925年「女師大風潮」中的現象，他在〈寡婦主義〉中告誡道：「雖然是中國，自然也有一些解放之機，雖然是中國婦女，自然也有一些自立的傾向；所可怕的是幸而自立之後，又轉而凌虐還未自立的人。」《魯迅全集》第1卷，第266頁。在〈紀念劉和珍君〉中，則頌揚劉和珍等幾位中國女性的勇敢堅毅，以為是一種真解放。見《魯迅全集》第3卷，第273-277頁。

[20] 魯迅：〈娜拉走後怎樣〉，《魯迅全集》第1卷，第164頁。

犧牲上場，如果顯得慷慨，他們就看了悲壯劇；如果顯得觳觫，他們就看了滑稽劇。……人的犧牲能給與他們的益處，也不過如此。而況事後走不幾步，他們並這一點愉快也就忘卻了。」一反五四時盛行的群眾崇拜，魯迅稱「對於這樣的群眾沒有法，只好使他們無戲可看倒是療救」[21]。正是因為難以相信簡單的進化思路和群眾崇拜，魯迅才會選擇「深沉的韌性的戰鬥」。

兩年以後魯迅發表了小說《傷逝》（1925年），這是以小說文體的形式繼續探討「娜拉走後怎樣」的主題。小說中的子君，在涓生的啟蒙演說和鼓動下，反叛家庭，跟涓生過起同居的生活。可是，組成新的家庭後，涓生越來越不滿於子君的「淺薄」和「落後」。而此時他又被局裡解雇，「忍受著這生活壓迫的苦痛」。最後他終於向子君說出「我已經不愛你了」的話。子君被父親接回家後，「所有的只是她父親——兒女的債主——烈日一般的嚴威和旁人的賽過冰霜的冷眼」，終於在無愛的人間死滅了[22]。《傷逝》展現了「出走」之後的新女性所遭遇的現實，與〈娜拉走後怎樣〉構成深層的語意互涉和對話關係。

在過去關於《傷逝》的研究中，解讀者通常都把注意力放在「說」與「不說」，「虛偽的溫存」與「真實的勇氣」，「革命」與「日常生活」之間的對立與衝突上。這樣的解讀隱含一個基本前提，即都認可了小說敘事者的講述，沒有質疑敘事者的可靠性；也沒有考慮魯迅給小說所加副標題「涓生的手記」，有無特殊意味。劉禾首先對回溯性敘事的可信度表示了懷疑，認為涓生的懺悔，

---

[21] 魯迅：〈娜拉走後怎樣〉，《魯迅全集》第1卷，第162-164頁。

[22] 魯迅：《傷逝》，收《彷徨》，《魯迅全集》第2卷，第110-131頁。以下引《傷逝》文，不再另注。

「以一套相對無害的思想話語（關於真實與謊言的爭辯），來代替現代主體性的深重危機」。她分析《傷逝》文本中「敘事的自我」與「體驗的自我」的分裂，打開了小說的複雜性：「它對父權制的批判，亦同時包含著對現代愛情觀的反思，而這一愛情觀的男性中心話語，卻富於反諷意味地再生產著它力求推翻的父權制度。」[23]

對於現代愛情觀的反思，就是對於五四時期啟蒙主義的女性解放話語的反思，因為後者正借重了前者作為動員依據和理想目標。在《傷逝》中，魯迅卻揭示出啟蒙主義的女性解放話語乃至於啟蒙取向本身的內在危機。這個危機表現在三個方面：

第一，如果女性解放是由男性的啟蒙所創造和推動的，那麼，啟蒙／被啟蒙的二元結構，很可能生產出新的權力關係，從而加固原有的性別乃至其他等級結構。《傷逝》中子君「出走」的思想意識，完全是由涓生灌輸的。小說寫到涓生對子君的宣講：「破屋裡便漸漸充滿了我的語聲，談家庭專制，談打破舊習慣，談男女平等，談伊孛生，談泰戈爾，談雪萊……她總是微笑點頭，兩眼裡彌漫著稚氣的好奇的光澤。」當涓生向子君表白時，子君又一次「孩子似的眼裡射出悲喜，但是夾著驚疑的光」。顯然，從故事一開始，涓生和子君的地位就是不平等的，子君一直是在追隨著涓生。當她「分明地，堅決地，沉靜地」說出「我是我自己的，他們誰也沒有干涉我的權利」時，儼然是娜拉關門的重演，告別了父權的家庭。可是究竟什麼是「自己的」，怎樣成為「自己的」，子君其實並沒有清晰的自覺。她只是要表達一種對涓生的愛意與支持，所以

---

[23] 參見劉禾：《跨語際實踐》，第六章「第一人稱寫作的指示功能」，第234-244頁。

這宣言同時也是對涓生啟蒙權力的認可。子君的「吶喊」，實際上只是成就了涓生。涓生自居於驗收者的角色，「我知道得很清楚，因為她愛我，是這樣地熱烈，這樣地純真」。被啟蒙的女性不過是啟蒙者自我想像性的「他者」。啟蒙／被啟蒙的關係，使得涓生在兩人之中始終佔有優勢地位，而子君從來是依附性的地位。事實上，從建立新家庭的第一天開始，子君就重新走入男性主導的性別權力結構中。正是這樣的權力，使得涓生可以對子君的行為表示種種不滿，厭惡她的「淺薄」和「落後」；也可以再一次地引用那些話語——「外國的文人，文人的作品：《娜拉》、《海的女人》」——為的是讓子君放棄他們的關係。啟蒙資源毫無困難地被徵用為維護性別權力的工具。這種性別權力關係，在小說文本的敘事形式中表露得更為透底。在「涓生的手記」中，我們始終只能夠看到涓生的自白，子君根本沒有發聲的機會。曾經被作為女性解放的主體，最終甚至連講述和辯護自我的話語權也失去了。我以為，這裡寄託了魯迅最根本的反諷。這種反諷不僅指向性別關係，甚至作為隱喻，也指向了啟蒙知識者與大眾的關係。

第二，啟蒙觀念所具有的強烈抽象性和終極性的特點，有可能取消女性在現實生活中的日常幸福、個體要求和獨立價值。小說中的涓生顯然是一個言語的巨人。他滔滔不絕地搬用西方思想和文學的新知，在求愛中模仿西方電影的場景，具有強烈的表演性。涓生的言語力量，是啟蒙觀念本身所賦予的。啟蒙觀念具有的抽象性和終極性的特點，已經被他深刻地內化到自己身上，他並且陶醉於其中。當子君說出那一番「獨立宣言」時，涓生迅速將子君的意義上升到了一個抽象和終極的層面。觸動他神經的，並不是子君本人，甚至也不是子君的愛，而是子君所象徵的「中國女性」，是由子君

的堅強所象徵的將來的「輝煌的曙色」。這種抽象性和徹底性,恰恰掩飾乃至吞噬了現實生活中的困難及可能。正如羅小茗所發現的,子君的話恰恰將涓生推到了由「言語革命」轉向「行動」的位置。「然而,就涓生的實際情況言,似乎並不容許有所行動。……一個公務員涓生,他在現實生活中的無力與怯懦,需要種種啟蒙的成就感來掩飾,而維持這些成就感、得以繼續啟蒙的力量,則來自於『大無畏的子君』。」[24]一個在涓生想像中格外光明的「大無畏的子君」,不僅替代了現實中肉身的子君,而且放逐了真實的、世俗的日常生活。當涓生「漸漸清醒地讀遍了她的身體,她的靈魂,不過三星期」,維繫啟蒙所必需的距離感和神聖感都消失了,原先在啟蒙想像中被壓抑的現實問題——嚴重的經濟壓力,庸常的日常生活——卻接連而來。直面這樣的現實問題,也就是直面女性的日常幸福和個體要求,直面女性解放本身應當包含在內的歷史內容。但是,涓生已經形成的思想機制讓他固執於啟蒙者的身份,不斷追求「新生」、「別的人生要義」、「新的東西」、「新的生路」。愈是困擾於難以解決的現實問題,涓生愈是會抽身而出,愈是會投向關於未來的整體的、空洞的期許。於是出現了這樣弔詭的局面:本來啟蒙是要為了現實生活的改進和普遍的主體性的確立,而最終啟蒙卻刪除、放棄了現實生活本身,甚至重新確立了主體之間的等級關係。當啟蒙者遭遇女性的「真實」時,他的象徵力量使他自己免於崩潰,而那個被捲入這一過程的女性卻做了犧牲者。在「更虛空」的終極的抽象中,女性的獨立價值湮沒無聞。因此當涓生意識

---

[24] 羅小茗:〈涓生的思路——《傷逝》重讀〉,《中國現代文學研究叢刊》2002年第3期。

到絕望時，會以「新的希望」作為解脫的藉口，會絕然犧牲子君：「我覺得新的希望就只在我們的分離；她應該決然捨去，——我也突然想到她的死，然而立刻自責，懺悔了。」這自責和懺悔並沒有發生作用，最終涓生「要向著新的生路跨出去」時，被派定為落後和退步的子君，早已「消失在周圍的嚴威和冷眼裡了」。藉此，魯迅深刻地呈現出啟蒙走向自我異化的欺騙性和壓制性的「辯證法」。

第三，啟蒙中的文化動員與現實社會改造之間存在著無法忽視的巨大鴻溝，從而使得啟蒙所提出的價值目標陷入一種虛空的境地。在《傷逝》中涓生面對子君，使用的始終是關於「愛」的「抽象的抒情」。愛情寄託了涓生這樣的知識份子對於新的人際關係和文化倫理的渴望，他們浪漫地賦予了愛情以絕對性的價值，並借助它進行文化動員。但是就像在小說中，涓生似乎始終沉陷於文化上的美好憧憬，無法在相應的社會變革上作出努力，開創與「愛的共同體」相適應的政治、經濟和法律狀況一樣[25]；在五四以後，中國啟蒙知識份子確實也沒有勇氣去創造他們需要的機會和屬於他們的歷史條件，進而實現他們的政治圖景。涓生一整套浪漫主義的想像，在失業的打擊面前變得毫無力量。而中國的啟蒙知識份子，面對與他們的理想設計相去甚遠的社會現狀，也陷入一種虛空的境地。《傷逝》呈現的，並不只是新女性的困境，還有作為啟蒙者的

---

[25] 哈貝馬斯對18世紀小說閱讀與資產階級「愛的共同體」（the love community）培育之間的關係作了富有啟發性的討論，將這種探索應用於中國現代文學的，參見Haiyan Lee, "All the Feelings That Are Fit to Print: The Community of Sentiment and the Literary Public Sphere in China, 1900-1918," *Modern China*, Vol.27, No.3（July 2001), pp.291-327.

知識份子自身面臨的困境。李歐梵指出，涓生就是五四時期浪漫知識份子的一個典型：

> 《傷逝》中的涓生在敘述他和子君失敗的浪漫史時極為傷感，實際上卻並不明白自己作為典型的「五四」浪漫知識份子失敗的深度，作為小說世界中的一個視象，透露出一種特別的淺薄。小說中使用的那種強調涓生愚蠢的脆弱感情的語言，使這一切更加明顯了。[26]

沉溺於文化動員，把所有問題都歸結到思想和文化上，而忽視實際的、整體性社會改造，這正是「涓生式」知識份子們共同的特點。藉對涓生的刻劃，魯迅揭示了他們將要遭遇的困境。

〈娜拉走後怎樣〉的追問和論述，《傷逝》中的滅亡之路的書寫，都體現出魯迅對於啟蒙理性的深刻懷疑和拷問[27]。魯迅其實是非常深地捲入到五四的啟蒙事業之中的。但他一邊「聽將令」地發出「吶喊」，與現實黑暗、也與自己心中的「鬼氣」搗亂[28]；一邊又似乎已經預計到啟蒙的終局。而他又始終掙扎著，反抗這樣的絕望。當那個「不是墮落，就是回來」的預言，在五四以後的歷史洪流中終於得到了確證時，魯迅並沒有絲毫置身事外的輕鬆感，而是

---

[26] 李歐梵：《鐵屋中的吶喊》，第70頁，尹慧珉譯，長沙：嶽麓書社，1999年。

[27] 王學謙認為，魯迅對於啟蒙理性的質疑來自於一種生命意識。參見〈探尋生命自由〉，《魯迅研究月刊》2005年第7期。

[28] 魯迅顯然對易卜生《群鬼》中阿爾文太太「我們身上都有鬼」的話，有著深刻的共鳴，他真切地感受到自己身上攜帶有從舊世界來的「鬼氣」。

負荷著某種共同理想遭遇失敗的沉重。為真實歷史所挑戰的，不僅是知識份子的啟蒙想像，也包括一種想像中的共同體的規劃。

　　1928年易卜生誕辰一百年之際，《奔流》出紀念增刊。魯迅在「編校後記」中特意提到：

> 不知是有意呢還是偶然，潘家洵先生的《Hedda Gabler》的譯本，今年突然在《小說月報》上發表了，計算起來，距作者的誕生是一百年，距《易卜生號》的出版已經滿十年。我們自然並不是要繼《新青年》的遺蹤，不過為追懷這曾經震動一時的巨人起見，也翻了幾篇短文，聊算一個紀念。

突出《新青年》「易卜生號」出版十周年，用意頗深。雖說「不是要繼《新青年》遺蹤」，然而紀念易卜生某種程度上確實是對五四的紀念。魯迅不無沉痛地感慨道：

> 那時的此後雖然頗有些紙面上的紛爭，但不久也就沉寂，戲劇還是那樣舊，舊壘還是那樣堅；當時的《時事新報》所斥為「新偶像」者，終於也並沒有打動一點中國的舊家子的心。……然而，這還不算不幸。再後幾年，則恰如Ibsen名成身退，向大眾伸出和睦的手來一樣，先前欣賞那汲Ibsen之流的劇本《終身大事》的英年，也多拜倒於《天女散花》，《黛玉葬花》的台下了。[29]

---

[29] 魯迅：〈《奔流》編校後記（三）〉，《魯迅全集》第7卷，第163-164頁。

五四知識者們借助於「娜拉」所倡導的女性解放運動，收穫的竟是
一個帶有荒誕色彩的結果。1933年魯迅再談〈關於婦女解放〉，列
出提倡婦女解放以來的「成績」，不過是女子可以和闊男人並肩而
立，在社交場合「花瓶」之類：

> 不過我們還常常聽到職業婦女的痛苦的呻吟，評論家的對於
> 新式女子的譏笑。她們從閨閣走出，到了社會上，其實是又
> 成為給大家開玩笑，發議論的新資料了。……這並未改革的
> 社會裡，一切單獨的新花樣，都不過一塊招牌，實際上和先
> 前並無兩樣。[30]

所以，「在真的解放之前，是戰鬥。」對於「戰鬥」魯迅自有
他的確信。不僅在娜拉出走問題上，而且包括中國改造問題。在
《娜拉走後怎樣》的結尾，他說：「不是很大的鞭子打在背上，
中國自己是不肯動彈的。我想這鞭子總要來，好壞是別一問題，

---

[30] 魯迅：〈關於婦女解放〉，收《南腔北調集》，《魯迅全集》第4
卷，第598頁。可以將魯迅的這篇文章與十一年以後張愛玲的一篇短文
〈走！走到樓上去！〉一起作互文性地對讀。張愛玲犀利地調侃了出走
之另一面──「上樓」：「中國人從《娜拉》一劇中學會了『出走』。
無疑地，這瀟灑蒼涼的手勢給予一般中國青年極深的印象。……一樣是
出走，怎樣是走到風地裡，接近日月山川，怎樣是走到樓上去呢？根據
一般的見解，也許做花瓶是上樓，做太太是上樓，做夢是上樓，改編美
國的《蝴蝶夢》是上樓，抄書是上樓，收集古錢是上樓（收集現代貨幣
大約就算下樓了），可也不能一概預論，事實的好處就在『例外』之豐
富，幾乎沒有一個例子沒有個別分析的必要。其實，即使不過是從後樓
定到前樓，換一換空氣，打開窗子來，另是一番風景，也不錯。但是
無論如何，這一點很值得思索一下。」《雜誌》第13卷第1期，1944年4
月，上海：雜誌社。

然而總要打到的。但是從那裡來，怎麼地來，我也是不能確切地知道。」[31]

## 第二節 「女人的發見」：周作人的倫理關切

周作人在四十年代曾寫過一段對自己思想、學問的自述：「鄙人執筆為文已閱四十年，文章尚無成就，思想則可云已定，大致由草木蟲魚，窺知人類之事，未敢云嘉孺子而哀婦人，亦嘗用心於此。」[32]「嘉孺子而哀婦人」，在周作人思想中一直佔據重要位置。他對於女性解放問題，有著自己特殊的關切[33]。

1918年周作人翻譯的〈貞操論〉在《新青年》刊登後，魯迅、胡適等分別作文呼應，從而形成了一場「貞操討論」。周作人在〈貞操論〉譯文前，加有長段的按語。他從《新青年》徵集關於「女子問題」的議論談起：

> 當初也有過幾篇回答，近幾個月來，卻寂然無聲了。大約人的覺醒，總須從心裡自己發生。倘若本身並無痛切的實感，便也沒有什麼話說。……但是女子問題，終竟是件重大事情，須得切實研究。女子自己不管，男子也不得不先來研

---

[31] 魯迅：〈娜拉走後怎樣〉，《魯迅全集》第1卷，第164頁。
[32] 周作人：〈秉燭後談序〉，收《立春以前》，第174頁，止庵校訂「周作人自編文集」，石家莊：河北教育出版社，2002年。以下周作人文集中文字，皆引自止庵校訂「周作人自編文集」，版本不再注。
[33] 這有周作人個人經驗的原因。生活的經驗使他「向來懷疑，女人小孩與農民恐怕永遠是被損害與侮辱，不，或是被利用的」（〈《雙節堂庸訓》〉，收《秉燭談》）。

　　究。一般男子不肯過問，總有極少數覺了的男子可以研究。
　　我譯這篇文章，便是供這極少數男子的參考。[34]

周作人一開始就意識到真正的覺醒必須根植於內在的切實感受，並
不是外來啟蒙就可以替代的。他特別重視「研究」，因為只有深入
的研究，才能深入問題的內部，才能為女子解放奠定堅實基礎，避
免它流於空洞的口號。〈貞操論〉提出「捨掉一切沒用的舊思想，
舊道德」，實踐新的靈肉一致、男女平等的「貞操道德」。周作人
確信〈貞操論〉「純是健全的思想」可以作為「我們治病的藥」，而
這個「健全的思想」，其實就是對女性的「發見」與尊重。

　　一年後，在〈人的文學〉中，周作人把「人道主義」解釋為
「一種個人主義的人間本位主義」。在尊重個體的自由意志上，周
作人與胡適〈易卜生主義〉的立場基本一致。所以後來胡適在編
《中國新文學大系‧建設理論集》時，在自己的〈易卜生主義〉
之後就收入了周作人的〈人的文學〉，並在「導言」中把「人的文
學」和「活的文學」一起列為文學革命的綱領[35]。不過，〈人的文
學〉與〈易卜生主義〉有一個值得注意的區別，即在對於女性問題
的論述上。

　　周作人概括歐洲人道主義的進程，特別拈出「女人的發見」：
「女人與小兒的發見，卻遲至十九世紀，才有萌芽。古來女人的位
置，不過是男子的器具與奴隸。中古時代，教會裡還曾討論女子有
無靈魂，算不算得一個人呢。……自從弗洛培爾赫戈特文夫人以

[34] 與謝野晶子著，周作人譯：〈貞操論〉，《新青年》4卷5號，1918年5月
　　15日。
[35] 胡適：〈《中國新文學大系‧建設理論集》導言〉，第28-30頁。

後，才有光明出現。」對比中國的情況，「人的問題，從來未經解決，女人小兒更不必說了」[36]。在周作人的思考中，「人的發現」並不等同於「女人的發現」，個性自由只是一個初級的目標，在這之上，還有性別平等需要奮鬥。女性解放相對於一般的個性解放，還有著特殊性，並不能簡單等同二者。可是，正如第二章中所論述的，胡適更傾向於認定個性解放等同女性解放，他把女性解放納入到個性解放的統攝性時代主題中，一定程度上取消了女性解放本身的獨立性。

有意思的是，這樣的差別依然在關於「娜拉」的闡釋中體現出來了。周作人也很重視《娜拉》。他在提倡「用這人道主義為本」的「人的文學」時，曾把《娜拉》作為典範：

> 譬如兩性的愛，我們對於這事，有兩個主張：（一）是男女兩本位的平等，（二）是戀愛的結婚。世間著作，有發揮這意思的，便是絕好的人的文學。如諾威Ibsen的戲劇《娜拉》、《海女》，俄國Tolstoj的小說*Anna Karenina*，英Hardy的小說*Tess*等就是。[37]

然而，對於當時「娜拉」成為女性解放的偶像這一現象，周作人又有自己的看法。不像胡適或魯迅直接撰文或演講來發表看法，周作人以一種曲折的方式，介入到「娜拉」道路爭論中。

---

[36] 周作人：〈人的文學〉，《新青年》5卷6號，1918年12月15日。
[37] 周作人：〈人的文學〉，《新青年》5卷6號。

　　1922年《婦女雜誌》八卷四號「離婚問題號」上發表了由周作人翻譯的〈現代戲劇上的離婚問題〉一文。周作人在「附記」中說明：「這篇本係美國的強特勒（Frank Wadleigh Chandler）著《現代戲劇之諸項》（*Aspects of Modern Drama*，1914）的第九章，題云『離婚的問題』，現在將他譯出單行，所以題目也有點變更了。」[38]

　　〈現代戲劇上的離婚問題〉一文討論了易卜生的《玩偶之家》。作者指出，「伊（指娜拉——引者）宣佈了婦女獨立的模範宣言了。……娜拉的理論很是簡單：我們在正式地結為『婚姻』關係之先，必須學為獨立的個人。」但是作者不像「易卜生熱」中的知識份子們那樣高度頌揚娜拉的「出走」，而是提出了質疑：

　　　　但是伊的行動是否聰明，不免要招人家的疑難。倘若娜拉沒
　　　　有子女，伊的離家還覺得少有可以非議的地方。但是，伊理
　　　　由不是很充足地自認是不適於為母，承受伊的自私的丈夫在
　　　　發怒時候宣佈的判詞。伊不曾想到，便是在教伊的子女成為
　　　　個人的這件事裡，伊也可以學為獨立的個人了。[39]

在作者看來，娜拉離家出走，放棄做母親的責任，並不是一個有效和合適的抗爭行動。因為這等於從反面把男性對於性別分工的定義絕對化了，並承認了加諸她的判詞。娜拉以為只有成為拋棄家庭、絕對孤立的原子化個人才能得救，卻忽視點滴改進的可能，也放棄

[38] 周作人「附記」，見強特勒（Frank Wadleigh Chandler）著，周作人譯：〈現代戲劇上的離婚問題〉，《婦女雜誌》8卷4號，1922年4月。
[39] 強特勒著，周作人譯：〈現代戲劇上的離婚問題〉，《婦女雜誌》8卷4號。

了身邊最切近的改造方式。作者進而解釋說，易卜生「想要竭力主張結婚上的個人主義之必要」，所以才以這樣的形式來有力地表示這個主張。但這並不意味著娜拉的行動代表了女性解放的必然道路。對簡單的出走和離婚，其實應該進行反思。作者還補充了一個證明：「在過去的十年裡（指1900-1910年──引者），最嚴肅的劇作家的意見幾乎都加入反對離婚的那一方面去了。」

五四以後，周作人翻譯這樣一篇文章刊登於專門討論女性問題的《婦女雜誌》頗有意味。一方面他批評了那種絕對化的、原子化的個人主義追求（直接表現為「離婚」），另一方面他也不贊同「物質論」者關於女性解放的「簡單」思路：「結婚這一件事，雖然沒有如宗教家所想的那樣神秘，卻也並不如物質論者所想的那樣簡單，於是離婚的事也就成了困難的問題了。」[40]所謂「物質論者」，指的大概就是那些把女性解放的問題全部歸結為經濟問題的論者。對物質論者的化約做法和樂觀態度，周作人並不以為然。1925年他在給朋友的信說：「我並非絕不信進步之說，但不相信能夠急速而且完全地進步；我覺得世界無論變到那個樣子，爭鬥，殺傷，私通，離婚這些事總是不會絕跡的，我們的高遠的理想境到底只是我們心中獨自娛樂的影片。」[41]

其實周作人並不忽視女性解放中的經濟權，也同意要根本消除女性對男性的依附性，必須建立在整個社會制度的變革之上。在〈婦女問題與東方文明等〉（1928年）中，他引述凱本德的觀點：

---

[40] 〈現代戲劇上的離婚問題〉，《婦女雜誌》8卷4號。
[41] 周作人：〈與友人論性道德書〉，《雨天的書》，第106頁。

> 英國凱本德（E. Carpenter）曾說過，婦女運動不能與勞工運
> 動分離，這實在是社會主義中之一部分，如不達到純正的共
> 產主義社會時，婦女問題終不能徹底解決。無論政治改革到
> 怎樣，但如婦女在妊孕生產時不能得政府的扶住，或在平時
> 尚有失業之慮，結果不能不求男子的供養，則種種形相的賣
> 淫與奴隸生活仍不能免，與資本主義時代無異。

但是，周作人以為女性問題非常複雜，牽涉到的遠遠不僅是物質條
件或者經濟權。就在上面這一段話後，周作人說：

> 在舉世稱為共產共妻的俄國，婦女的地位還是與世界各國相
> 同，她如不肯服從那依舊專橫的丈夫，容忍他酗酒或引娼女
> 進家裡來，她便只好獨自走出去，去做那娼女的姊妹，因為
> 此外無職業可找。這樣看來，婦女問題的根本解決在此刻簡
> 直是不可能，而所謂純正的共產主義社會也還只好當作烏托
> 邦罷了。[42]

周作人內心關注更多的，是與經濟權同樣重要的思想、倫理、道德
的重建問題：「我覺得中國婦女運動之不發達實由於女子之缺少自
覺，而其原因又在於思想之不通徹，故思想改革實為現今最應重視
的一件事情。」[43]從倫理道德的角度來探討社會和人生的問題，也
是周作人一貫的思想風格。在他那裡，思想、倫理、道德的問題，

---

[42]　周作人：〈婦女問題與東方文明等〉，《永日集》，第95頁。
[43]　周作人：〈婦女問題與東方文明等〉，《永日集》，第96頁。

首先體現為性道德的問題：「想來想去，婦女問題的實際只有兩件事，即經濟的解放與性的解放。」[44]他一直不遺餘力地抨擊中國舊的性道德，提倡性科學、性心理問題的研究。

1920年代，周作人在很多文章中毫不留情地批判舊的性道德。他批評中國傳統思想中對性的「不淨觀」，「性的不淨思想是兩性關係的最大的敵」[45]；感慨「現代青年一毫都沒有性教育」是中國的不幸，「因為極端的禁慾主義即是變態的放縱，而擁護傳統道德也就同時保守其中的不道德」[46]；指出那些偽道學家們本來多是「神經質的」，「他們反對兩性的解放，便因為自知如沒有傳統的迫壓，他們必要放縱不能自制」[47]。他還揭示出國民性在性心理上的變態反映[48]。周作人認為「對於婦女的狂蕩之攻擊與聖潔之要求，結果都是老流氓（Roue）的變態心理的表現，實在是很要不得的」[49]。這樣舊有性道德還延續到了現代的婦女運動中：

> 現代的大謬誤，是在一切以男子為標準，即婦女運動也逃不出這個圈子，故有女子以男性化為解放之現象，甚至關於性的事情也以男子觀點為依據，讚揚女性之被動性，而以有些女子性心理上的事實為有失尊嚴，連女子自己也都不肯承認

---

[44] 周作人：〈北溝沿通信〉，《談虎集》，第274頁，作於1927年11月。

[45] 周作人：〈讀《慾海回狂》〉，《雨天的書》，第182-183頁；另見〈淨觀〉，《雨天的書》，第101-103頁。

[46] 周作人：〈「重來」〉，《談虎集》，第73頁。

[47] 周作人：〈《愛的創作》〉，《自己的園地》，第127頁。

[48] 參見周作人〈半春〉、〈薩滿教的禮教思想〉、〈風紀之柔脆〉、〈裸體遊行考訂〉等文，均收《談虎集》。

[49] 周作人：〈北溝沿通信〉，《談虎集》，第277頁。

了。其實，女子的這種屈服於男性標準之下的性生活之損
害，決不下於經濟方面的束縛。

為了改變這種「以男子為標準」的性道德，周作人希望「注意婦女
問題的少數青年，特別是女子，關於女性多作學術的研究」[50]。

　　周作人的特殊性體現在他將研究女性知識和新的性道德，作
為女性解放運動的重要內容。他提醒「在中堅的男女智識階級沒有
養成常識以前」，婦女運動「是不容易開花，更不必說結實了；至
少，這總是很少成功的希望的」[51]。他強調「為人」和「為女」的
雙重自覺，而中國的現實情況卻不能讓人樂觀：

　　中國卻是怎樣？大家都做著人，卻幾乎都不知道自己是人；
　　或者自以為是「萬物之靈」的人，卻忘記了自己仍是一個生
　　物。在這樣的社會裡，決不會發生真的自己解放運動的；我
　　相信必須個人對於自己有一種瞭解，才能立定主意去追求正
　　當的人的生活，希臘哲人達勒思（Thales）的格言道，「知
　　道你自己」，可以說是最好的教訓。我所主張的常識，便是
　　使人們「知道你自己」的工具。[52]

與當時很多五四啟蒙知識份子著眼於女性的離家出走、參政權利等
形式上的解放不同，周作人主要不是在現實功利層面看待女子解放

[50] 周作人：〈北溝沿通信〉，《談虎集》，第275-276，278-279頁。
[51] 周作人：〈婦女運動與常識〉，原載《婦女雜誌》9卷1號，1923年9
　　月，收《談虎集》，第261頁。
[52] 周作人：〈婦女運動與常識〉，《談虎集》，第261-262頁。

的問題[53]。他認為只有思想、倫理改變了，女性解放才會真正有實現的可能。所以，他會花很大氣力去引入西方性科學，評介理論和文學作品，以普及新的性道德，幫助養成「常識」，推動形成「以女性為本位」的兩性關係[54]。

但是，他並不寄希望於作為「現在最時新的偶像」的群眾：

> 我是不相信群眾的，群眾就只是暴君與順民的平均罷了，然而因此凡以群眾為根據的一切主義與運動我也就不能不否認，——不必是反對，只是不能承認他是可能。婦女問題的解決似乎現在還不能不歸在大的別的問題裡，而且這又不能脫了群眾運動的範圍，所以我實在有點茫然了，婦女之經濟的解放是切要的，但是辦法呢？方子是開了，藥是怎麼配呢？……則亦終於成為一個烏托邦的空想家而已！但是，此外又實在是沒有辦法了。[55]

周作人對於群眾運動的判斷，呼應了魯迅四年前在〈娜拉走後怎樣〉中的意見，儘管這時兄弟倆已經失和很久了。

---

[53] 他在〈北溝沿通信〉裡說：「我不很贊同女子參政運動，我覺得這只在有些憲政國裡可以號召，即使成就也沒有多大意思，若在中國無非養成多少女政客女豬仔罷了。」《談虎集》，第273-274頁。

[54] 參見周作人〈《愛的創作》〉、〈《結婚的愛》〉、〈《沉淪》〉、〈文藝與道德〉等文，均收《自己的園地》。相關討論，參見錢理群：〈性心理研究與自然人性的追求〉，《周作人研究二十一講》，第24-47頁，北京：中華書局，2004年；舒蕪：〈女性的發現〉，《周作人的是非功過》（增訂本），瀋陽：遼寧教育出版社，2000年。

[55] 周作人：〈北溝沿通信〉，《談虎集》，第274-275頁。

　　縱然周作人對於女性問題的研究和思考，在五四那一代知識者中算是相當深入了，但他還是清醒地意識到，男性身份在女性解放話語實踐中存在著無法克服的局限。他後來說：「婦女問題實是重大，有許多還得婦女自身來提出，求得解決之路」；「男子講論婦女，無論怎麼用心，總難免隔膜，但如得到評語說好為婦人出脫，或以周姥比擬，那麼這便是確證。」他希望將來討論女性問題，「女子自宜代表其同性，男子參加者亦會增多」，這樣「世事便大有希望」[56]。從「女人的發見」到「為女的自覺」，周作人始終強調女性自身的主體地位。說到底，女性解放的真正深入，最終還要靠有著「為人」與「為女」雙重自覺的女性「代表／表述」自己，進而鬥爭和創造[57]。而周作人以為自己不過是一個「手持火炬的光明的使者」。他一生多次引用英國性心理學家藹理斯（Havelock Ellis，1859-1939）《性心理之研究》中的那句題詞：

　　　　在道德的世界上，做一個手持火炬的光明的使者，知道不久會有人從後面趕上來，那時將火炬交給他，自己隱沒到黑暗中去。

---

[56] 周作人：〈觀世音與周姥〉，《藥堂雜文》，第68-70頁。

[57] 周作人在為悼念「三‧一八」烈士所寫的〈新中國的女子〉中說：「從種種的方面看來，女子對於革命事業的覺悟與進行必定要比男子更早，更熱烈堅定，因為她們歷來所身受的迫壓也更大而且更久。……我確信中國革命如要成功，女子之力必得占其大半。」《澤瀉集》，第64頁。

## 第三節　「第四階級女子問題」的提出：《婦女雜誌》的變化

　　圍繞「娜拉」展開的話題，在《婦女雜誌》上也頻繁出現。作為一本專門探討女性問題的雜誌，《婦女雜誌》對於女性解放話語在中國的傳播和普及，曾發揮了很大的作用。而它在五四前後的變化，也折射出女性解放話語本身的流變播遷。

　　《婦女雜誌》是中國現代婦女報刊史上歷時最長、發行面最廣的刊物。1915年在上海創刊，由商務印書館發行，月刊，每年12期，一直到1931年12月停刊，共持續十七年之久。雜誌前六卷由王蘊章（1884-1942）主編（第二卷曾由胡彬夏（1888-1931）掛名主編）。〈發刊辭〉中謂：「知殖學之不可緩，為之培其本而浚其源。知明藝之不可已，為之疏其流而暢其枝。」[58]顯然雜誌是以提倡女學、輔助家政作為宗旨。在前五卷中，「學藝」和「家政」是雜誌主打的兩個欄目，對於「殖學」和「明藝」的關注在雜誌中占了很多篇幅。雜誌宣導女學，目的是為了培養「賢母良妻」，以改良家庭[59]。正像雜誌所載的一篇文章說的：「今日社會所屬望於女子者，大都為賢母為良妻，能治理其家庭、教育其子女已耳。」[60]

---

[58]　〈發刊辭〉，《婦女雜誌》1卷1號，1915年1月15日。

[59]　《婦女雜誌》前期的情況，參見劉慧英〈被遮蔽的婦女浮出歷史敘述——簡述初期的《婦女雜誌》〉，《上海文學》2006年第3期。村田雄二郎編，《《婦女雜誌》からみる近代中國女性》（東京：研文出版，2005年），是全面討論《婦女雜誌》的重要成果。

[60]　王卓明：〈論吾國大學尚不宜男女同校〉，《婦女雜誌》4卷5號，1918年5月。

雜誌正是以培養具有文化知識和獨立生活能力的賢母良妻為目標
的。而改良家庭，被雜誌的編者視為「基礎之基礎」[61]。

　　不過，提倡「我女界修養之第一功，當人人願為尋常之婦人
女子，而勿為特別之夫人女子」[62]，這樣的言論姿態在五四運動後
還是顯得過於保守了。於是五卷一號上刊登了〈本雜誌今後之方
針〉，宣佈雜誌將刷新內容、改良體例。1920年六卷開始，直接鼓
吹女性解放的言論增多。1921年七卷一號起由章錫琛（1889-1969）
接任主編，進一步改革，採用白話體。改革後的《婦女雜誌》，不
僅在內容上拓展到女性解放方方面面，還辦過「離婚問題號」、
「婦女運動號」、「娼妓問題號」、「家庭革新號」、「新性道德
號」等專號，積極介入女性解放和家庭革新的問題中。

　　在五四期間，《婦女雜誌》中經常出現對娜拉的介紹和評
論。1920年六卷十一號上刊登了日人本間久雄所作〈性的道德底傾
向〉，文中談到西方新的性道德：「近代文學家首先主張這『新道
德』的，不用說是易卜生了。他在《傀儡家庭》大呼婦女解放；在
《群鬼》暗示自由離婚；在《海上夫人》主張戀愛底自由；在近代
性倫理底研究上，都可以首屈一指的。」本間久雄跟胡適一樣，稱
讚《娜拉》裡「個人主義底自覺」：「《傀儡家庭》裡底的娜拉，
曉得在做妻子做母親之前，第一要緊須得做一個人，這到底是婦女
個人底權利自覺，也正是個人主義底自覺。」[63]1921年俞長源發表

---

[61]　朱胡彬夏〈基礎之基礎〉：「予故主張改良家庭為吾婦女今後五十年內
　　　之職務。」《婦女雜誌》2卷10號，1916年10月。
[62]　繆程淑儀：〈余之女界修養談〉，《婦女雜誌》5卷8號，1919年8月。
[63]　本間久雄著，瑟盧譯：〈性的道德底傾向〉，《婦女雜誌》6卷11號，
　　　1920年11月。他在〈近代劇描寫的結婚問題〉（薇生譯）中，也讚揚娜
　　　拉「一朝曉得了這種結婚生活的無意義，便離了丈夫而飄然出家了。」

〈現代婦女問題劇的三大作家〉，介紹易卜生、般生、蕭伯納，把易卜生的《娜拉》看作是「首先喚起婦女覺醒的作品」，「在這一劇裡，充滿了易卜生的個人主義。劇中主人翁娜拉，……批評從來的夫婦關係，是何等的刻毒！」[64]

　　廚川白村所著〈近代的戀愛觀〉，其中有一節為「古式的娜拉」。《婦女雜誌》八卷二號上刊載了這篇討論「娜拉」的譯文。廚川白村說：「讀者如果看過易卜生的娜拉，一定同情於娜拉的能夠覺悟非人的婚姻，打破舊式的制度，別求真正的人生。……雙方各以自由的個人相結合，來完成各自的生命，相互間完全以戀愛為至上的媒介。」但廚川白村接著指出「娜拉式」的自覺現在已經「過時」：「在現代論斷起來，娜拉式自我覺悟，實在是前世紀的古老貨。二十世紀中的結婚生活，發生自我的肯定，以戀愛作根本的基礎。……從前視娜拉能夠跳出沒意思的家庭，稱她為『新婦女』，現在卻變成淺薄的程序了。」[65]廚川認為現在已經是一個「戀愛的肯定的時代」，那種「因襲的賢妻良母主義和虛偽的結婚生活」，不會存在了。然而，譯者覺得廚川白村的判斷並不適合中國的情況，特意在後面加寫了「譯者按」：「我國婦女的結婚生活，還完全在原始時代的狀態，想效娜拉的『人的覺悟』，跳出火坑的觀念，多沒有發芽。」譯者著眼於中國女性現狀，認為還需要

　　（《婦女雜誌》8卷7號，1922年7月）本間久雄另著《婦人問題十講》，其中第十講也談到娜拉，稱其為「最新自覺之女傀，於近代婦人解放史上，保有重要之位置」。上海：學術研究會，1934年第3版，第375頁。

[64] 俞長源：〈現代婦女問題劇的三大作家〉，《婦女雜誌》7卷1號，1921年1月，第12-15頁。

[65] 廚川白村原著，Y. D譯：〈近代的戀愛觀〉，《婦女雜誌》8卷2號，1922年2月。

補娜拉覺醒這一課。

　　1922年曾發起成立少年中國學會、時在法國留學的曾琦（1892-1951）在《婦女雜誌》上發文，提出了「娜拉主義」的說法。他說：

> 婦女運動的主義，就是所謂「婦人亦人」的「娜拉主義」。
> 在家庭的婦人，只是玩具而非人類。男女應該平等，人類本
> 來是平等的，婦女非可服從男子的，不可不自尋職業，服務
> 社會。……如果易卜生的「娜拉主義」，那更是被束縛於家
> 庭，為男女玩具的婦女的覺迷錄。一般的婦女，既漸悟絕對
> 服從男子之非。有了人權思想，自由思想，自不得不求恢復
> 其天賦之人權，和社會平等之地位。由思想而現為事實，所
> 以有婦女運動發生。[66]

1924年的《婦女雜誌》上繼續有把娜拉與女性主義問題聯繫起來的文章。一篇署名心珠女士的文章說：「這世界是男子的世界，政治是男權中心的政治，法律是男權中心的法律，道德是男權中心的道德，女子無非是男子的附屬品，是男子的頑意兒。娜拉對郝爾茂說：『我是你的頑意兒的妻子，正如我在家裡是我爸爸的『頑意兒的孩子』一樣。』這是女子一生的歷史！全世界的女子聽到這一句話，那一個不同聲一哭！」[67]

---

[66] 曾琦：〈婦女問題的由來〉，《婦女雜誌》第8卷第7號，1922年7月5日。

[67] 心珠女士：〈我所希望於男子者：四〉，《婦女雜誌》第10卷第10號，1924年10月5日。本條及上條材料，承許慧琦《「娜拉」在中國：新女性形象的塑造及其演變，1900s-1930s》一書提示。

最值得關注的是1922年的「離婚問題號」。《婦女雜誌》率先把目光投向了與《娜拉》的引入有密切關聯的「離婚問題」[68]。在五四戀愛自由之外，把對《娜拉》的關注引到離婚問題上。瑟盧把《娜拉》與德富蘆花（1868-1927）的《不如歸》作對比：「德富蘆花的《不如歸》和易卜生的《娜拉》，可說是東西洋離婚問題的文學作品。《不如歸》式的離婚，何等殘忍，何等淒慘！《娜拉》式的離婚，何等痛快，何等壯烈！我國的女子，今後還是學娜拉的跳出家庭的樊籠取得人的生活呢？還是甘心像浪子的陷於不幸的慘境呢？這全在姊妹們的努力罷了！」[69]周建人提出「今日的離婚問題，也可以說不是婚姻可不可離的問題，是應該不應該平等而自由的問題」；茅盾（沈雁冰）釐清離婚與道德之間的關係，批評「兩性間的道德標準之懸殊」[70]。

這一號上還刊登了兩篇關於「娜拉」的譯文。一篇是由周作人翻譯的、美國的強特勒所作《現代戲劇上的離婚問題》，可以看作周作人以一種曲折的方式，介入「娜拉」問題的討論（上一節中已作分析）。另一篇是由仲持翻譯的、瑞典斯德林褒所作《玩偶家庭》。這是斯德林褒短篇小說集《結婚生活》中的一篇。譯者仲持在「附記」中說，易卜生的《玩偶之家》問世後，「也頗引起了各處的回攻和反響，如易卜生的同時代的鄰國大小說家斯德林褒（August Stringberg）便是其中的一個。」譯者解釋所以要譯這篇小

---

[68] 沈雁冰（茅盾）說：「離婚問題不是新問題，『易卜生號』裡的劇本《娜拉》是中國近年來常常聽得到離婚問題的第一聲。」〈離婚與道德問題〉，《婦女雜誌》8卷4號「離婚問題號」，1922年4月5日。

[69] 瑟盧：〈從七出上看來中國婦女的地位〉，《婦女雜誌》8卷4號。

[70] 參見周建人〈離婚問題釋疑〉和沈雁冰〈離婚與道德問題〉，《婦女雜誌》8卷4號。

說，「一則因此可見易卜生的劇本在當時影響非常巨大，二則這小說給力爭人格的新婦女以一種警告，……意志力的薄弱是新婦女前途最危險的暗礁。」顯然，譯者有意借此提醒人們重視女性解放本身所面臨的問題。不過，儘管對主流的女性解放話語有所懷疑，譯者也不願譯作被保守勢力利用：「要是有人拿了這一篇當作侮辱女性的話柄，助反動派張目，那便不是我譯這篇的本意了。」[71]這從一個側面反映出，女性解放話語在五四以後事實上已經形成了一種話語霸權，質疑的聲音往往只能通過間接的方式表達出來。總之，「離婚問題號」提出了在原來的「娜拉」討論中不怎麼被關注的「離婚問題」，編輯的意圖在於「我們所找出的一點公平的意見，便是說離婚仍須顧全婦女一方面的情形」[72]。對於女性解放中過於簡化的思路和言路，這能起到糾偏作用。

　　對女性解放話語進行糾偏的，也包括茅盾。1919年他曾經撰文反對「對於父母前定的婚姻一概廢約」的「多數主張」，理由是「戀愛這東西，發現的不見得定是素質，因此發現後也不能必其不變，所以結婚不應以戀愛為要素」；而且，「設身處地為女性著想」，隨便廢約會給女性的生活造成極大的危險[73]。對於自由戀愛的迷思，茅盾的批評無疑是一針清醒劑。在1919至1920年的《婦女雜誌》中茅盾的文章頻繁出現，頗為引人注意。

---

[71] 斯德林襃著、仲持譯：〈玩偶家庭〉，《婦女雜誌》8卷4號。

[72] 「編輯餘錄」，《婦女雜誌》8卷4號，

[73] 參見雁冰：〈「一個問題」的商榷〉，原載於《時事新報・學燈》1919年10月30日，收《茅盾全集》第14卷「散文四集」，第58頁，北京：人民文學出版社，1987年。

他在《婦女雜誌》上發表的第一篇文章——〈解放的婦女與婦女的解放〉，是對婦女解放的一個全面規劃，包括婦女解放的途徑（教育、經濟生活、結婚與家庭、在社會和國家中的公共生活）和標準（先求解放自己、瞭解新思潮的真意義、盡力提高自己一邊的程度、活動在社會生活情形內）[74]。其後，他在《婦女解放問題的建設方面》中提出婦女解放要從三方面進行：「一是家庭方面，二是教育方面，三是職業方面。」[75]在〈讀《少年中國》婦女號〉中，強調「婦女解放的真意義是叫婦女來做個『人』，不是叫婦女樣樣學到男子便算解放」[76]。在〈男女社交公開問題管見〉中，主張要創造合理的、兩性間的新道德，「社會上引人發展獸慾本能的娛樂品，和侮辱女子人格的惡習惡制，都該先行去淨」[77]。〈我們該怎樣預備了去談婦女解放問題〉中，解釋女性解放不夠深入是因為「學術方面少研究」和「缺乏實地觀察、問題研究、普遍調查」；指出女性解放面臨兩大問題：一是婦女勞動問題，二是家庭改制問題，而性道德的不平等，「是第一該解放」[78]。茅盾對於女性解放問題的複雜性是有充分意識的。他認為婦女解放是一項系統而持久的事業，因此強調對於實際情況的關注與研究，以免女性解

---

[74] 佩韋（茅盾）：〈解放的婦女與婦女的解放〉，《婦女雜誌》5卷11號，1919年11月。

[75] 佩韋（茅盾）：〈婦女解放問題的建設方面〉，《婦女雜誌》6卷1號，1920年1月。

[76] 雁冰：〈讀《少年中國》婦女號〉，《婦女雜誌》6卷1號，1920年1月。

[77] 雁冰：〈男女社交公開問題管見〉，《婦女雜誌》6卷2號，1920年2月。

[78] 雁冰：〈我們該怎樣預備了去談婦女解放問題〉，《婦女雜誌》6卷3號，1920年3月。茅盾在《婦女雜誌》上還發表了〈評《新婦女》〉（6卷2號）、〈怎樣方能使婦女運動有實力〉（6卷6號）、〈婦女運動的意義和要求〉（6卷8號）、〈新性道德的唯物史觀〉（11卷1號）等文。

放僅僅停留在話語和想像的層面。他基本將倫理、道德的改革與經濟、社會的改革並重對待，在他看來，打破舊禮教與改革社會經濟組織，「只是形式相反罷了，旨趣是相同的。在此一個奏了效時，那一個不能不受影響的」[79]。

　　《婦女雜誌》對於女性解放道路的探索，最突出的地方恐怕還在「第四階級女子問題」的提出上。7卷3號上載有馮飛的〈婦人問題概論（續）〉，指出經濟問題對於婦女獨立的重要：「因為婦人不能不由家庭出於社會，所以才有注重職業教育的必要；但婦人為什麼不得不由家庭出於社會呢？這是有經濟壓迫的原因，才造成這種趨勢的」。強調經濟上的解決，這並沒有太多新意。值得注意的是，作者在結論中做出了一個關鍵的區分：

> 從前的婦人問題，尚是應於第三階級婦人運動所要求之問題，而今日之婦人問題，乃是第四階級——即全人類大多數婦人經濟如何解決之問題。即今日的婦人問題，已經併入於勞動問題之中，共合成一問題了。[80]

---

[79] 茅盾：〈婦女經濟獨立討論〉，原載《婦女評論》第3期，1921年8月17日，收《茅盾全集》第14卷，第245-246頁。1935年，針對南京的小學教師王光珍女士因扮演娜拉而被學校開除事，茅盾作〈《娜拉》的糾紛〉：「從前婦女問題初初喧騰於口頭的時候，許多人都說婦女的社會地位的真正提高須待婦女們有了獨立生活的時候，所謂獨立生活，自然指自食其力，不必要依靠男子。……現在似乎更加弄明白些了，單單是不靠男子來養活，還不夠提高婦女的社會地位，還有比純粹的經濟問題更中心的問題在那邊呢！」原載《漫畫生活》第7期，收《茅盾全集》第16卷「散文六集」，第40頁，北京：人民文學出版社，1988年。

[80] 馮飛：〈婦人問題概論（續）〉，《婦女雜誌》7卷3號，1921年3月。

馮飛所謂的「第四階級」就是指「勞動階級」[81]。他認為女性解放運動應該進入新階段，關注勞動階級女性的解放問題。這基本上延續了李大釗他們的思路，不過更為直接和顯白。

提出「第四階級之婦女問題」的，不單馮飛一人。《婦女雜誌》7卷12號上，刊登了日人大山鬱夫講演的譯稿，題目就是〈女子問題與勞動問題的共同點〉，強調要借助勞動問題的視野重新考慮女子問題，特別是階級因素在性別問題中的重要性。8卷1號上王警濤討論〈女子經濟獨立問題〉，同樣做出「第三階級」與「第四階級」的分辨，他詳細列出了兩種代表觀點：

> 主張第三階級論者說：女子之所以成為男子之附屬品，無非女子在政治上、法律上、教育上、職業上、財產上，不能和男子平等所致。若女子能和男子受同等的教育，則女子的智識和技能，未必遜於男子；若職業解放了，女子就可以自由選擇職業；若法律不偏護男子，女子也有受遺權和繼承權，則女子就可以自己管理財產，生活也得而獨立了；若政治上許女子活動，則女子未始不能獻身社會做偉大得社會事業。果爾，則女子問題一切葛藤，都可解決。而女子經濟獨立問題，也自不成問題了。

---

[81]　五四以後，隨著馬克思主義階級觀念的傳入，出現了四個階級的說法：「（1）君主階級；（2）貴族階級；（3）中產階級；（4）勞動階級。」參見中華全國婦聯婦運史研究室編，《中國婦女運動歷史資料（1921-1927）》，第66頁，北京：人民出版社，1986年。

　　　　主張第四階級論者說：男女在教育上、職業上、財權上
　　的平等……須是女子得到經濟獨立以後的結果，並不是解決
　　經濟獨立以後的方法。[82]

「第三階級論者」主張在不根本改變社會制度的情況下，通過一項
一項女性權利的獲得來實現女性的解放。這種觀點正是五四初期關
於女性解放主導話語，尤其是胡適等人思路的代表。而作者顯然贊
成後一種觀點：「我們討論女子問題的人，應該著眼於第四階級的
女子，就是最下層最多數的女子，不該只顧少數的特權階級的女
子。……我們要求女子解放，並不是要求特權女子的解放。」同一
期的「自由論壇」欄目中，王錫珍撰文提出了這樣的問題：「婦女
解放，是解放少數人呢，還是全體婦女都要解放的？婦女解放，是
理論的呢，還是要實踐的？」作者的答案都偏向於後者[83]。這個話
題持續時間頗長，直到1923年底朱枕薪還在就第四階級女性的「勞
動問題」發言[84]。

　　呼應著對於「第四階級女性問題」的重視，「向下看」、「到
民間去」的聲音也日漸盛行。《婦女雜誌》七卷七號的「編輯餘
錄」中說：

---

[82] 王景濤：〈女子經濟獨立問題〉，《婦女雜誌》8卷1號，1922年1月。陳
　　望道〈我想〉（1920年）中也分析過兩類女人運動的區別：「第三階級女
　　人運動，目標是在恢復『因為伊是女人』因而失掉的種種自由和特權；
　　第四階級女人運動，目標是在消除『因為伊是窮人』因而吃受的種種不
　　公平和不合理。所以第三階級女人運動，是女人對男人的人權運動；第四
　　階級女人運動，是勞動者對資本家的經濟運動：宗旨很是差異，要求也不
　　同。」《陳望道文集》第1卷，第29頁，上海：上海人民出版社，1979年。
[83] 王錫珍：〈婦女解放的我見〉，《婦女雜誌》8卷1號，1922年1月。
[84] 朱枕薪：〈婦女勞動問題〉，《婦女雜誌》9卷12號，1923年12月。

> 婦女解放的呼聲，在近來的中國，已經漸高；但是這種呼
> 聲，發於婦女自身的，實際上還要比男子所發的少。這並不
> 是我國婦女不願解放，實在因為大多數的婦女，知識還是很
> 低，不容易接受到新思潮的緣故。所以要說到婦女解放，非
> 得有熱心毅力的先覺，實行俄國六十年前「到民間去」的運
> 動不可。……因此可以說：民間運動是婦女運動的基本，而
> 言論鼓吹，在中國今日，又是基本的基本。[85]

總之，把「第四階級的女子」和「特權女子」分別開來，強調
「少數人」／「多數人」（或者「全體」）的區別，意味著一個
重大的轉化，即關於女性問題的討論，著眼點逐漸由性別差異轉
向了階級差異維度。階級和經濟地位，而非具體的教育、職業、
法律、政治和財產制度，被認為是女子解放的主要目標。這不單
獨是《婦女雜誌》的變化，也表示了五四後期一部分知識份子的
共同轉變。隨著馬克思主義女性觀的著作被大量翻譯進中國[86]，
人們得以接觸到西方女權主義之外、另一種對於女性問題的思考
和論述。一部分知識份子接受了馬克思主義的女性觀，他們贊成
經濟上的自由和階級解放才是女性解放的根本出路。李達認為：
「如今要將女子解放，須先使他恢復物質上的自由，女子物質的
自由的慾望，到達了最高點的時候，那精神的自由的慾望，自然

---

[85] 「編輯餘錄」，《婦女雜誌》7卷7號，1921年7月。

[86] 李漢俊轉譯了德國倍倍爾（August Bebel，1840-1913）*Women under Socialism* 中
　　的〈女子將來的地位〉（《新青年》8卷1號），震瀛（袁振英）翻譯了
　　〈蘇維埃俄羅斯的勞動女子〉（《新青年》8卷4號），李達轉譯了〈列
　　寧底婦人解放論〉（《新青年》9卷2號），惲代英摘譯了恩格斯《家庭、
　　私有制和國家的起源》第二章（《東方雜誌》17卷19、20期）。

而然地勃發起來．那時真正的自由方可完全實現。這樣的，才可算作真正的女子解放。」[87]陳望道質問「熱心女子問題的諸君」：「你們肯替香水洗面的小姐們講解放，卻不肯分點精神，給煤煙衝鼻的女勞工談改造嗎？」[88]高君宇（1896-1925）也不相信「現在以『男女平等』為號召的女權運動」，以為「不為了勞動婦女地位的奮鬥，婦女解放也不能有望」[89]。1921年8月《婦女評論》創刊，「極端主張女子應有絕對的自由勞動權」[90]。1921年12月中華女界聯合會在上海創辦《婦女聲》半月刊，「宣言」中也明言：「『婦女解放』，即是『勞動者的解放』，是我們自己切身的利害問題」，應當拋棄「過去的消極主義」，「在階級的歷史和民眾的本能中尋出有利的解放的手段」[91]。女性解放話語逐漸從五四的個性解放話語體系中脫落和分離，和無產階級革命動員重新「接合」。新的關於「娜拉」命運和出路的講述，在思想的「權勢轉移」中浮現出來。

[87] 李達：〈女子解放論〉，《李達文集》第1卷，第23頁，北京：人民出版社，1980年。

[88] 陳望道：〈女子問題與勞動問題〉（1920），原載《勞動界》第十五冊，《陳望道全集》第1卷，第35頁。

[89] 君宇：〈女權運動者應當知道的〉，《嚮導》週報第8期，1922年11月2日，轉引自《中國婦女運動歷史資料（1921-1927）》，第54頁。

[90] 〈《婦女評論》創刊宣言〉，《婦女評論》第1期，1921年8月3日。

[91] 〈《婦女聲》宣言〉，《婦女聲》第1期，1921年12月10日，轉引自《中國婦女運動歷史資料（1921-1927）》，第28頁。《婦女聲》第5期的《俄國婦女解放與中國婦女解放應取之方針》一文，還強調「要喚起一班有知識的女子加入第四階級的隊伍來從事婦女運動」，要將精力「移到這無產階級革命的路徑上來」。

## 第四節　在啓蒙敍事之外：
## 「娜拉」們的性別書寫

在五四時期女性解放話語的影響下，不少年輕女性以「娜拉」為楷模，紛紛走出傳統家庭，依憑著「我是我自己的」的確信，尋求新的生活。其中的一些闖入了文學創作領域。這些女性作家不僅通過作品（works），而且通過生活（lives）和事業（lifework），貢獻出了由女性自己來書寫的「娜拉」故事。[92]本節以盧隱（1898-1934）和白薇（1894-1987）為例，討論1920年代女性作家的性別書寫。我特別關注的是，這些書寫與主導性的五四啓蒙敍事及其認知權力體制構成了怎樣的關係。

盧隱，原名黃淑儀，1919至1922年在北京女子高等師範學校學習。文學研究會成立時，還是一個女大學生的她，是出席成立大會的唯一女性。1921年發表小說《海洋裡底一齣慘劇》後，危機重重的「海洋」成為她文學世界中一個時常浮現的意象或者隱喻。盧隱

---

[92] 關於五四以後的女性寫作研究成果甚多，如劉思謙：《「娜拉」言說——中國現代女作家心路紀程》，上海：上海文藝出版社，1993年；孟悅、戴錦華：《浮出歷史地表——現代婦女文學研究》，北京：中國人民大學出版社，2004年；彭小妍："The New Woman: May Fourth Women's Struggle for Self-Liberation,"《中國文哲研究集刊》第6期，1995年3月，第259-337頁；Wendy Larson, *Women and writing in Modern China* (Stanford, Calif.: Stanford University Press, 1998)；Haiping Yan, *Chinese Women Writers and the Feminist Imagination, 1905-1948* (London and New York: Routledge, 2006).最後一本書的中譯本，題目作了改動，更明確地昭示了把性別問題引向公共領域，與中國革命建立起歷史聯繫的取向。見顏海平：《中國現代女性作家與中國革命，1905-1948》，季劍青譯，北京：北京大學出版社，2011年。

創作了一批以新女性的愛情和生活為題材的小說。寫作和發表不僅
成為她謀生與獨立的重要手段，更重要的是，通過寫作的形式，她
也在探索女性如何發聲同時介入公共性的爭辯。

　　寫於1922年的《或人的悲哀》，採用了第一人稱書信體的形
式。亞俠在給朋友KY的信裡，不斷訴說著年輕女性對人生的共同
迷惘。亞俠曾經想留學、想投身作革命黨，都被家庭阻止。她和朋
友眼見知識青年「起初大家十分愛戀的訂婚，後來大家又十分憎惡
的離起婚來」，感到「人事是作戲，就是神聖的愛情，也是靠不住
的」，決定實行「遊戲人間的主義」。她拒絕了男青年們的追求，
但又覺得異常內疚，因此疾病纏身。最終在對於「自身的究竟」的
困惑中，跳湖自盡。[93]亞俠式的苦悶和感傷，在廬隱的小說中一再
複現。正如茅盾在〈廬隱論〉中所說：

> 《麗石的日記》中的主人公麗石，《徬徨》的主人公秋心，
> 《海濱故人》中的主人公露沙，可說都是亞俠的化身，也
> 就是廬隱自己的「現身說法」。……這也反映著五四時代覺
> 悟的女子——從狹的籠裡初出來的一部分女子的宇宙觀和人
> 生觀。[94]

雖然茅盾不滿意「她的作品就在這一點上停滯」，而認為如果廬隱
繼續向革命性的社會題材努力，不會沒有進步。但茅盾畢竟敏銳地

---

[93] 參見廬隱：《或人的悲哀》，《小說月報》13卷12號，1922年12月。
[94] 未明（茅盾）：〈廬隱論〉，原載《文學》3卷1號，1934年7月1日，收
　　《茅盾全集》第20卷「中國文論三集」，北京：人民文學出版社，1990
　　年，第112頁。

覺察到盧隱作品對於理解「五四時代覺悟的女子」具有特殊意義。正是通過盧隱的書寫，「我們看見一些『追求人生意義』的熱情的然而空想的青年們在書中苦悶地徘徊，我們又看見一些負荷著幾千年傳統思想束縛的青年們在書中叫著『自我發展』，可是他們的脆弱的心靈卻又動輒多所顧忌」[95]。這裡的「青年們」首先就是那些被五四啟蒙敘事激起了熱情的女性們。

　　與男性作家筆下自信樂觀、勇敢決絕的新女性不同，在盧隱的文學世界裡，她更多關注「自我發展」的現代理性對新女性生活的深刻影響，對於自由戀愛、新的家庭生活和社會空間的實際可能，時時發出質疑。《麗石的日記》中，女主人公麗石在同性愛戀中尋找安慰，這樣的「越軌」不為社會所容。她愛戀的對象沅青嫁給了表兄，這令麗石痛苦不堪：「我不恨別的，只恨上帝造人，為什麼不一視同仁，分什麼男和女……我更不幸，為什麼要愛沅青！」[96]僭越性別界限而終於未獲成功的故事，預示了規範化的「女性解放」本身的限度，同時再度印證了等級狀態的「自然性」的力道。而更讓新女性困擾的，則是自由戀愛、結成婚姻以後的處境：從原來「閒時只愛讀《離騷》，吟詩詞」，到現在「拈筆在手，寫不成三行兩語，陡然想起鍋裡的雞子，熟了沒有」；而且面臨更重的擔子——撫養孩子，終於意識到「什麼服務社會？什麼經濟獨立？不都是為了愛情的果而拋棄嗎」。回想前塵之際，「伊」不免感歎：「豪放的性情，不知什麼時候，悄悄地變了，獨立蒼茫的氣概，不知何時悄悄地逃了。」[97]當新女性的生存遭遇到現實的經濟和社會

---

[95]　未明：〈盧隱論〉，《茅盾全集》第20卷，第109頁。
[96]　盧隱：《麗石的日記》，《小說月報》14卷6號，1923年6月。
[97]　盧隱：《前塵》，《小說月報》15卷6號，1924年6月。

制度的撞擊之後,由此發現了主導性女性解放話語的根本沒有顧及的「革命的第二天」的那些困難。

經過與舊的道德、倫理、還有「父親之家」的激烈抗爭,曾經追求的自主婚姻、參與社會的目標變為現實之後,新女性驟然感到「勝利以後只是如此呵」。在《勝利之後》中,廬隱記述了新女性的種種尷尬和妥協狀態。無論是結婚後磨滅了「種種的大願望」,覺得「不如安安靜靜在家裡把家庭的事務料理清楚」的沁之;或是畢業後隨父親回到了故鄉,懷疑起女子「究竟有沒有受高等教育的必要」的文琪;或是「放膽邁進試驗場」,嫁給有婦之夫,而終於「日趨於沉抑」的冷岫;或是感慨「還是獨身主義好,我們都走錯了路」的肖玉;或是在家中感到煩悶,惆悵不已的瓊芳;——新女性們無一例外地產生了虛無之感,「益覺眼前之局,味如嚼蠟」。泌芝在給瓊芳的信中說:「當我們和家庭奮鬥,一定要為愛情犧牲一切的時候,是何等氣概?而今總算都得了勝利,而勝利以後原來依舊是苦的多樂的少,而且可希冀的事情更少了。」[98]「勝利之後」的她們,卻置身於一個更為迷茫,失去意義的境地。小說《曼麗》中,「抱著幼稚的狂熱的愛國心,盲目的向前衝」的曼麗,加入「某黨」後,卻逐漸發現「這裡的一切事情都叫我失望」。而《何處是歸程》一開始,「現在雖然已是一個妻子和母親」的沙侶,「仍不時的徘徊歧路,悄問何處是歸程」。小說結尾處,她的朋友玲素也在困惑:「結婚也不好,不結婚也不好,歧路紛出,到底何處是歸程呵?」[99]這樣的質疑,無疑凸顯了啟蒙話語無法在進

[98] 廬隱:《勝利之後》,《小說月報》16卷6號,1925年6月。
[99] 廬隱:《何處是歸程》,《小說月報》18卷2號,1927年2月。

一步的實體化的過程中完成其意義承諾的困境。

盧隱作品帶有很濃厚的自敘傳性質，她自己的生活經歷跟筆下虛構的新女性往往頗多相似。1923年與有妻子的郭夢良結婚，郭去世後，1930年她與清華學生李維建結婚。兩段婚姻不僅都讓她的社交圈感到吃驚，而且最終在現實的壓力下婚姻都出現了諸多問題。她特別注意表現被「娜拉」鏡像吸引的新女性們在現實中進退維谷的境遇，這顯然帶有她自己的生命體驗在。而她把反思尤其集中地指向了現代愛情神話。按照當時流行的理解，一個中國的「娜拉」應該有愛的權利，擁有自由戀愛和婚姻就是擁有「自我」的標誌，也是女性解放的標誌。可是，《何處是歸程》中的女主人公沙侶卻對她的朋友說：

> 我老實的告訴你吧，女孩子的心，完全迷惑於理想的花園裡。……這種誘惑力之下，誰能相信骨子裡的真相呢！……簡直完全不是這麼一回事。──結婚的結果是把他和她從天上摔到人間，他們是為了家務的管理和慾性的發洩而娶妻。更痛快點說吧，許多女子也是為了吃飯享福而嫁丈夫。

那種停留在語詞與書面上的「愛的共同體」的神話一下子就幻滅了。作為中國「娜拉」們出走原因和奮鬥目標的現代愛情，褪去了神聖的光環，暴露出它的脆弱性和欺騙性。梅儀慈（Yi-tsi Mei Feuererker）曾總結道：

> （現代中國的女作家們）在和文藝與社會的權威以及支配她們生活的舊秩序與價值觀念斷然決裂之後……突然變得無所

依傍，只能從她們自己的感情和不確定的關係中獲得支援，
而這種關係本身又取決於不可靠的感情。當自我肯定的權利終
於得到了的時候，卻證明它是靠不住的東西，而依靠愛情和感
受來維持生活的女人，就更加容易受到其他苦難的傷害。[100]

同是「海濱故人」的石評梅（1902-1928），在1927年給廬隱的信中
證明瞭這個判斷：「青年人的養料唯一是愛，然而我第一便是懷
疑愛，我更訕笑人們口頭筆尖那些誘人昏醉的麻劑。我都見過了，
甜蜜、失戀、海誓山盟、生死同命；懷疑的結果，我覺得這一套都
是騙，自然不僅騙別人，連自己的靈魂也在內。」[101]把「愛」稱為
「誘人昏醉的麻劑」，無疑凝聚了廬隱和石評梅她們的切膚之痛。
這些女作家質疑的基調，與她們在現實中的生活遭遇有著無法割斷
的聯繫，她們批判性地呈現了新女性前途中那些危險的暗礁。

　　後五四的女性作家把她們的性別經驗投諸文本，使得「娜拉」
故事獲得了從女性自身角度觀察和講述的可能，從而突破了男性知
識份子對於「娜拉」啟蒙形象的塑造。廬隱讓「勝利之後」的迷茫
和「解放」的虛妄，取代了男性作家們著意表現的「離家出走」，
成為作品的主要情節。而在白薇的作品裡，「輕鬆」的叛逆也變成
了以死亡換取「新生」的慘烈。女性在「生命權力」層面的受壓與
鬥爭，更明確地指向了現實與象徵的權力體制及其暴力。

---

[100] 梅儀慈：〈20年代和30年代的女作家〉，轉引自費正清編：《劍橋中華
民國史》上卷，謝亮生、劉敬坤等譯，北京：中國社會科學出版社，
1993年，第535頁。

[101] 石評梅：〈給廬隱〉，《石評梅作品集》，北京：書目文獻出版社，
1983年，第44頁。

　　白薇，原名黃彰。她是在日本留學時，從田漢那裡接觸到了「娜拉」，她說：「當我和他愛人易女士，在某女子寄宿舍同房不久，他來教我們的英文，課本是易卜生的《娜拉》。這是我平生第一次與文學見面。」[102]白薇從娜拉身上看到了自己當年從湖南老家逃離的影子：從「黑夜，雪花與狂風之中」，「低眉含恨地走出了地獄之門」，到「從一個出糞的舊孔道中逃出學校」，由長沙到漢口再到上海，又東渡日本。[103]中的痛苦經歷，讓白薇更直接地感觸到「出走」的艱難，決不像很多「娜拉劇」所寫的那樣輕鬆。她在作品中展現了女性面對「出走」的徘徊踟躕和所要付出的代價。更為關鍵的是，作品中那些緊張和激情的力量，投影了對1920年代晚期急劇變動的社會的憤怒反應。

　　顏海平曾經精彩地分析了白薇的劇作《蘇斐》和《薔薇酒》，不同於1920年代前期很多文學作品的想像模式，把婚姻、家庭和財產制度的毀滅性後果表現為一種普遍性的「現代」邏輯，從而揭示了資本的性別化的運作機制。[104]這是一種以主體性的屈從為核心的治理方式，將對傳統的性別支配與對「情感」、「慾望」和「潛意識」的規訓全面結合起來。這種新的壓迫方式甚至被內化到女性自身之中。這在三幕劇《打出幽靈塔》（1928年）中有最為深刻的展露。

　　《打出幽靈塔》把故事設置在國民革命背景下。活躍於當時社會舞臺的各種力量也同樣被搬到舞臺，其中有作為下人和童養媳被賣來賣去的少女月林，有權有勢、試圖佔有月林的土豪劣紳胡

---

[102] 白薇：〈我投到文學圈裡的初衷〉，《白薇作品選》，長沙：湖南人民出版社，1985年，第4頁。

[103] 白薇：〈我投到文學圈裡的初衷〉，《白薇作品選》，第6-9頁。

[104] 顏海平：《中國現代女性作家與中國革命，1905-1948》，第157-161頁。

榮生，他的兒子、月林的戀人胡巧鳴，農會領袖、月林的另一個追求者凌俠，婦聯代表、也是月林的生母蕭森。作品對多重勢力給月林所造成的精神奴役的創傷，有深刻地揭露。月林膽怯小心，情緒不穩定。雖然她一直想「從幽靈塔下打出來」，但是當單純的青年胡巧鳴提議兩人一起出國，以逃避家庭時，月林卻說：「我的臉皮沒有那麼厚。」巧鳴堅持要與父親胡榮生鬥爭，月林因擔心危及生命而阻攔。巧鳴果然在出走時被父親殺害，月林受刺激發瘋。最終月林在瘋狂的爆發中開槍打死了胡榮生，自己也受傷而亡。如果說劇中的蕭森以出走和從政的姿態代表了女性解放運動中正面「英雄」；那麼，月林則構成了一個「反英雄」形象。她被買賣的經歷、被「弄髒」的生活，映照出新女性的「解放」的自我某種程度上是建立在他者（包括其他女性）的多重犧牲或被漠視的基礎之上的，月林的猶豫正表明了實際受到啟蒙和解放話語多重後果的女性們的複雜情緒與內心掙扎。在「舞唱」中，月林瘋癲地說出「我是我殺了的畜生的私生子」的話，極為刺目地展現了黑暗的連續性和籠罩性。而這種激烈的批判，也直接指向了正在進行的國民革命。白薇借農會委員凌俠之口，痛苦地追問：「以前我看不得社會的黑暗、壓迫，我反抗，我逃我跳，逃到叛逆之群，跳到革命的裡面了。現在我又看不得革命裡面的黑暗、壓迫、骯髒，我反抗，我又要逃又要跳了。但是人類的世界全是黑暗全是骯髒的，我還逃到那裡去呢？」[105]不僅「解放」所連帶的痛楚是那樣深重，以至於成了「『死』的賜

---

[105] 白薇：《打出幽靈塔》，《白薇作品選》，第303頁。在小說《炸彈與征鳥》（1929年）中這種幻滅更明顯。玥走上革命，慶幸「征鳥的出發」將開始，可是，男友馬騰要她獻身於G部長，刺探情報：「我願意你犧……犧牲，為我們底目的，為我們底前途。」《白薇作品選》，第223-224頁。

物」；而且「革命」似乎也並未提供一個光明的前途。[106]

　　如此來看，結尾處月林的瘋狂與毀滅，就暗示出一種徹底的斷裂。在這個新舊勢力相互糾纏的轉折時刻，女性所需要掙脫的，已經不僅是傳統的家庭枷鎖，更重要的是對被塑造的「主體」位置的反抗與超越。這是一種總體性的改變，「要從我們的血裡來」，是「死亡」所要換來的「新生」：「反了！……一切都反了！／世界翻過來了！……新鮮，美好！／……『死』，教我『新生』！『死』，教我『新生』！」[107]這種不計生存代價的無畏與對「新生」的渴望，正是白薇三次從原有的生活秩序中溢出（兩次逃婚），以近乎抵抗的寫作來完成自身的底氣；也是更多知識人告別啟蒙敘事，召喚新的政治整合與倫理承擔的基礎。

　　如果將廬隱、白薇等女性作家書寫的「娜拉」故事，與主要由男性作家（如胡適、歐陽予倩）創作的「娜拉型」話劇作一番比較，不難發現，男性作家們張揚的是「娜拉」的叛逆精神，對於女性解放抱持著相對樂觀的態度；他們在乎的是如何樹立一個符合啟蒙訴求的女性典範，自覺／不自覺地以潛在的、舶來的普遍主義作為合法性的當然源泉。而女作家則更多關心現代社會和家庭中女性的真實困境，從生命權力的角度去描述女性的身心掙扎，非常敏感

---

[106] 茅盾小說《自殺》也寫到環小姐在戀愛發生變故後的絕望心理：「哄騙呀！哄騙呀！一切都是哄騙人的，解放，自由，光明！還不如無知無識、任憑他們做主嫁了人，至少沒有現在的苦悶，不會有現在的結局！至少不失為表嫂那樣一個安心滿意活著的人！她站在床沿，全身發抖，眼睛裡充滿了血。她再不能想了，只有一個念頭在她的脹痛到要爆裂的頭腦裡疾轉：宣佈那一些騙人的解放自由光明的罪惡！死就是宣佈！」《小說月報》19卷9號，1928年9月。
[107] 白薇：《打出幽靈塔》，《白薇作品選》，第329-330頁。

地覺察到「現代」價值系統與認知權力機制的內在暴力，覺察到女性重新陷入一個無名、無語狀況的危機，並努力地給予拒絕。1920年代後期，憑藉《夢珂》（1927年）登上文壇的丁玲，在資本主義都市語境中重新叩問這個問題。從學校逃離、想當影星的夢珂，最後發現自己置身於和曾經幫助過的模特兒相近的地位[108]。男性觀視／佔有的權力，借助於現代資本和現代技術的力量，重新規訓了這個曾經的叛逆者。夢珂精神的反叛最終弔詭地導向了身體的馴服。而在《莎菲女士的日記》（1928年）中，丁玲創造了一個「心靈上負著時代苦悶的創傷的青年女性的叛逆的絕叫者」——莎菲，「她要求一些熱烈的痛快的生活，她熱愛著而又蔑視她的怯懦的矛盾的灰色的求愛者」。[109]她在肉體情慾與精神戀愛，征服慾望與負罪苦惱的相互糾纏中，無法安頓，苦惱不堪。莎菲所無法解答的難題，也隱喻了啟蒙話語實踐所無法解答的致命難題，比如，如何對待情感、慾望、身體的要求，如何在「去魅」之後重新安頓心靈，如何超越日常生活的繁瑣平庸。[110]這個意義上，作為抵抗的女性的性別書寫實踐，以特有的方式加入了中國「如何現代」的道路追尋和鬥爭之中。

---

[108] 丁玲：《夢珂》，《小說月報》18卷12號，1927年12月10日。

[109] 茅盾：〈女作家丁玲〉，原載《中國論壇》2卷7期，收《茅盾全集》第19卷，第434頁。

[110] 當然包括現實的生存問題。1936年《婦女生活》第2卷第1期刊出「娜拉座談」專稿，伊凡、茲九、羅薇、君慧、白薇、碧遙等6名參加女性討論今日中國的「娜拉」在哪裡，無一例外地都側重於女性在為生存而掙扎。她們認為今日要做「娜拉」，需在承擔家庭主婦責任同時，從事寫作、教學、編輯等職業。這無疑呼應了魯迅當年「娜拉走後怎樣」的追問。

結　語

# 後「五四」與作為「民族寓言」的「娜拉」

　　1920年代後期開始，民族主義迅速勃興。通過中國社會性質與革命道路的討論，左翼意識形態的影響力也在擴大[1]。經由《新青年》「易卜生號」的鼓吹而盛行的「易卜生熱」，在後五四的思想文化語境中日漸降溫。1928年《奔流》紀念易卜生誕辰一百年的增刊，其實帶有一種象徵意義。魯迅說它同時也是對「易卜生號」的紀念。這表明在中國長達十多年的，涉及思想、文學與表演文化等多個領域的「易卜生熱」，事實上已經作為「五四記憶」進入了歷史。

　　「易卜生熱」與胡適〈易卜生主義〉關係甚大。胡適此文不僅奠定了五四時期關於易卜生的經典闡釋，而且也被當作五四啟蒙文化的宣言書。可是1920年代後期開始，胡適的「易卜生主義」在這兩方面都遭遇了批評。1928年袁振英為其《易卜生傳》第四版作

---

[1]　從20年代後期開始的關於中國社會性質的大討論，源自左翼陣營對「四一二」政變和革命低潮的反省，討論帶出了中國社會究竟是封建社會還是資本主義社會，中國革命究竟是資產階級革命還是無產階級革命等問題。1931年5月，王禮錫主編的《讀書雜誌》開闢「中國社會史論戰」專欄，同年8月至1933年4月出版《中國社會史論戰》專輯共4輯，彙集了代表性的文章50餘篇。參見何干之：《中國社會性質問題論戰》，上海：生活書店，1937年；高軍編：《中國社會性質問題論戰（資料選輯）》上下，北京：人民出版社，1984年。

序，不同意把易卜生籠統地解釋為個人主義者：

> 易氏起先是一個人主義者，凡是限制個人發展的，就是他的
> 仇敵，他所以要反對國家，就是因為他是個人的制裁。他所
> 以要責罵社會，因為它要拿詐偽的倫理來摧殘個人，絕不會
> 改善個人。……易氏以為個人有發展自己的機能到最高程度
> 的權利。但是到了末期，他就覺得主觀性總是弄到精神不太
> 舒服，不管它是好的還是壞的，美的還是醜的。後來易氏就
> 終止解決那些問題了。[2]

在袁振英看來，易卜生後期不斷在反思「個人應該受到社會的制裁
要到什麼程度」、「個人要不要跟著自己的唯我主義」這些問題，
把易卜生完全等同於個人主義者無疑是一種誤讀，簡化了易卜生的
複雜性。而另一面，1931年茅盾則從檢討「五四」運動的角度，把
「易卜生主義」與資產階級的弱點聯繫起來：

> （中國社會的歷史狀況）使中國新興資產階級感覺到他們的
> 命運的不穩定，使他們無論如何不能有歷史上新興階級的發
> 揚踔厲的堅決樂觀的精神，他們遲疑審慮，這在他們的文學
> 上的反映就不得不是客觀地觀察而沒有主觀地批評的易卜生
> 的寫實主義。胡適之所努力鼓吹的易卜生主義——只診病
> 源，不用藥方，就是這樣的心理自嘲而已。[3]

---

2　袁振英：〈《易卜生傳》新序〉，《易卜生傳》第四版，第25頁。
3　茅盾：〈「五四」運動的檢討——馬克思主義文藝理論研究會報告〉，
　　原載《文學導報》1卷5期，1931年8月5日，收《茅盾文集》第19卷「中

茅盾從「易卜生主義」談到「多研究問題，少談主義」的口號，將它們派定為資產階級的意識形態，「有著資產階級的動搖妥協的臭味」。

　　伴隨著對於五四啟蒙的反省，對於易卜生的再解釋促使「娜拉」符號的意義發生了偏移和轉變。在茅盾的小說《虹》（1929年）中「娜拉」符號的再次出現，已經含有了批判色彩。主人公梅行素不滿於娜拉「全心靈地意識到自己是『女性』」，要努力克制「自己的濃郁的女性和更濃郁的母性」，準備獻身給「更偉大的前程」，「準備把身體交給第三個戀人──主義」[4]。在以無產階級為主體的「革命」烏托邦的召喚下，梅行素完成了「時代女性」的「革命化」過程。而1936年夏衍創作三幕劇《秋瑾傳》，借鑒湖女俠的革命行動來激勵當時的女性。在夏衍看來，把自己投入整個民族解放中的秋瑾，比尋求個人獨立的娜拉，顯然更值得頌揚和仿效[5]。

　　國文論二集」，第240頁，北京：人民文學出版社，1991年。在〈關於「創作」〉（1931年）中，茅盾說：「個人主義（它的較悅耳的代名詞，就是人的發見，或發展個性），原是資產階級的重要的意識形態之一，故在新興資產階級的意識形態對封建思想開始鬥爭的『五四』期而言，個人主義成為文藝創作的主要態度和過程，正是理所必然。」見《茅盾文集》第19卷，第266頁。

[4]　茅盾：《虹》，《茅盾全集》第2卷「小說二集」。陳建華的〈「時代女性」、歷史意識與「革命」小說的開放形式〉具體分析了《虹》中的「女體與歷史」，氏著《「革命」的現代性：中國革命話語考論》，第334-366頁，上海：上海古籍出版社，2000年。

[5]　郭沫若在〈《娜拉》的答案〉一文中，重新提出與魯迅當年的追問相似的問題：「娜拉究竟往哪裡去」。他認為這個問題的答案，「我們的先烈秋瑾是用生命來替他寫出了。」「她終於以先覺者的姿態，大徹大悟地突破了不合理的樊籬，而為中國的新女性，為中國的新性道德，創立了一個新紀元。」原載重慶《新華日報》1942年7月19日，收《郭沫若全集·文學編》第19卷，第215-221頁，北京：人民文學出版社，1992年。

　　而1930年代的一些左翼電影，則展現了上海都會裡新一代「娜拉」的形象與其選擇。《三個摩登女性》（田漢編劇，卜萬蒼導演，上海聯華影業公司1933年出品）中，由阮玲玉（1910-1935）扮演的周淑貞自立奮發，與社會抗爭，代表了一個真正「摩登女性」的選擇。《新女性》（孫師毅編劇，蔡楚生導演，聯華影片公司1934年出品）中的韋明是受五四薰陶的新女性，為爭婚姻的自主，離家出走，來到上海擔任女子中學音樂教員，業餘時間從事寫作。在沉重的經濟壓力下，不得不賣身醫女，但愛女還是夭折。小報又刊載文章對她造謠中傷。韋明最後吞下毒藥而自殺。影片對左翼新女性塑造中，伴隨著「新女性歌」之歌：「不做奴隸，天下為公！無分男女，世界大同」[6]。影片廣告也強調《新女性》反映的是「衝出家庭的樊籠，走向廣大的社會，站在『人』的戰線，為女性而奮鬥」，是「為人類，為社會而吶喊出來的呼聲」[7]。影片女演員阮玲玉的自殺，更造成角色身份與社會身份相互混淆／疊映，複雜化了「新女性」的「表演文化」[8]。

---

[6]　當時在報刊上曾有「誰是新女性」的討論。有人認為是李阿英，她「有健美的體格，複有堅決的意志，判斷力，而能決心實行『幹』的」，才是「現代社會中新女性典型」。見〈《新女性》演出之後──集納上海各報之批評〉，《聯華畫報》5卷5期，1935年3月）。王塵無則批判《新女性》中完全沒有新女性：少奶奶張秀真「十足的封建臭味」，「她的自我和放任，是資本主義婦女的特色」；而女主角韋明是五四時期「『出走後的娜拉』，是最苦惱的一群」，也不是新女性；至於李阿英，片中「沒有她的出身與決定的環境和條件，不是有血有肉的」。〈關於《新女性》的影片、批評及其他〉，《中華日報‧戲週刊》，1935年3月2日。

[7]　《新女性》影片廣告，引自《聯華畫報》5卷2期，1935年1月。

[8]　「表演研究」（performance studies）中的「表演文化」，主要探討不同文化演員在表演過程中的變化，表演過程對於演員自我認同的影響，以

　　聶紺弩（1903-1986）曾對阮玲玉事件做出評論，認為「殺阮玲玉的不是她自己，也不是張達民唐季珊某個人，是到現在還殘存著的封建勢力，是那盤踞在我們每個人的腦筋裡的封建社會的道德觀倫理觀」[9]。聶紺弩發現，女性命運和五四時「所預期的男女平權」還差得很遠。原因是五四運動在「反封建」上是不徹底的，「沒有完成肅清封建文化的偉業」，所以他會強調「新時代的女性應該同時負有作為反封建的娜拉的任務」。但他同時又認為「娜拉的時代」已經過去，這意味著五四啟蒙所設計的女性解放之路已經不再適用了。

　　這個看法在作於1935年1月的〈談娜拉〉中表達得更明確。聶紺弩指出劇本中娜拉，跟中國實際情況隔得很遠。中國的「娜拉」，「她們底走，也不像劇本上那樣自由自在，從容慷慨。……走之前也許遲疑過，猶豫過；走之後，也許後悔過；正走的時候，不用說，害怕，驚慌，提心吊膽，心情更是複雜。」他宣稱「娜拉」已經「不算這一時代的代表的女性」了：

　　　　新時代的女性，會以跟娜拉完全不同的姿態而出現。首先，就不一定是或簡直不是地主紳士底小姐；所感到的痛苦又不僅是自己個人底生活；採用的戰略，也不會是消極抵抗，更不會單人獨騎就跑上戰線。作為群集中的一員，邁著英勇的

---

　　　及表演作為社會文化的複製／再現的意義。參見周慧玲：《表演中國：女明星，表演文化，視覺政治，1910-1945》，第一章「總論」，第17-43頁，臺北：麥田出版社，2004年。

[9]　聶紺弩：〈阮玲玉的短見〉，《蛇與塔》，第52-53頁，北京：人民文學出版社，2001年。

　　腳步，為宛轉在現實生活底高壓之下的全體的女性跟男性而
　　戰鬥的，是我們現在的女英雄。[10]

聶紺弩標舉出來的「新時代的女性」具有這樣一些特徵：出身於
「第四階級」，對現實黑暗有深切感受，具備改造社會的熱忱，願
意為受壓迫者伸張正義，把自己融入反抗的群體。他期待這樣的
「女英雄」替代「娜拉」，成為新的時代偶像。聶紺弩的意見體現
出1930年代左翼文化思潮在女性問題上的傾向。就在〈談娜拉〉發
表的同一年，「中國左翼文化總同盟」編印的《文報》上，刊載了
〈中國婦女運動大同盟綱領草案〉。這份帶有鮮明意識形態色彩的
「綱領」提出：

　　我們認為被壓迫婦女大眾的解放運動，是和無產階級的社會
　　革命運動有著不可分離的聯繫。假使在資本主義社會制度底
　　下要解決婦女問題，那是絕對不可能的事，只有在完全推翻
　　私有財產制度的社會主義社會才能獲得婦女大眾的根本的解
　　放。基於這一原則的認識，我們必須站在無產階級的立場，
　　把婦女解放運動作為整個社會革命運動的一翼，執行歷史所
　　賦予我們的特殊的任務，而在整個社會革命運動中要爭取婦
　　女大眾的解放。[11]

---

[10]　聶紺弩：〈談娜拉〉，原載《太白》第10期，《蛇與塔》，第41-42頁。
[11]　「中國婦女運動大同盟常務委員會」：〈中國婦女運動大同盟綱領草
　　案〉，《文報》第十一期，1935年10月25日，轉引自孔海珠《左翼·上
　　海（1934-1936）》，第391-402頁，上海：上海文藝出版社，2003年。

婦女解放運動已經完全被納入了無產階級領導下的社會革命運動之中。

　　「不算這一時代的代表的女性」的「娜拉」，卻仍然為左翼話劇運動所借重。1935年，一些戲劇團體（如南京的磨風藝社、濟南的民教館、上海的智仁勇劇社、光華劇社）先後把《娜拉》搬上舞臺，以實際演出介入「娜拉出路」的問題。當時《申報》中稱：「今年可以說是娜拉年，各地上演該劇的記錄六千數十起」[12]。這個數字明顯過於誇張，有為即將上演的上海業餘劇人協會版《娜拉》造勢的意思。不過，6月27至29日上海業餘劇人協會公演，確實非常轟動[13]。此劇由章泯（1906-1975）導演，金山（1911-1982）、趙丹（1915-1980）、藍蘋（1914-1991）主演。1934年就開始籌畫和排練，業餘劇人協會的同仁們希望憑藉這部戲提高左翼戲劇演技水準[14]。《娜拉》的實際演出效果很好，並再一次帶動了關

---

[12]　〈娜拉大走鴻運〉，《申報》，1935年6月21日。

[13]　《申報·本埠增刊》連續數日刊登此劇廣告。26日的廣告中稱：「轟傳世界大名劇，娜拉——是中國婦女的一部聖經！娜拉——是假紳士偽君子的寫照！十九世紀的古裝演出，直追閨怨名片！寫人性善惡的矛盾，寫男女情愛的縱錯。看娜拉是男女戀愛經的先決問題；看娜拉是家庭障礙物的消滅良劑。」29日的廣告中又有「直追閨怨名片，堪稱獨創風格」之語，並刊登了藍蘋和趙丹的照片。《娜拉》的演出與宣傳，從一個側面呈現出1930年代上海左翼的文藝運動與市場、消費之間的複雜關係。

[14]　據趙丹回憶：「在1934年春天剛開始的時候，一天，金山陪同章泯來找我，邀我參加易卜生的《娜拉》的演出。一開頭他們就說：『我們不能總是停留在喊幾句口號，淌出幾滴眼淚的表演水準階段，我們要提高左翼戲劇的演技水準。我們應該建立自己的劇場藝術。』」〈章泯導演《娜拉》和《大雷雨》〉，《地獄之門》，第39頁，上海：文匯出版社，2005年。

於女性問題的討論[15]。劇中扮演娜拉的藍蘋，當時是一個從山東逃
到上海，加入上海業餘劇人協會的進步女性。「平時在大家眼裡並
不出眾」的她，這時「給人以耳目一新感」[16]，憑這部話劇一舉走
紅，成為明星的藍蘋，還曾發表過多篇文章，討論女性解放問題[17]。
後來她離開上海去了延安，開始使用另一個名字──江青[18]。

　　從話劇中「田亞梅」們的走向新家庭，到現實中「藍蘋」們
的去延安，這正是從五四到三十年代「娜拉」所代表的女性解放道
路的一個縮影。最初，「娜拉」象徵著個人覺醒和自由，鼓舞女性
脫離傳統家庭、追求自由戀愛；最終，「娜拉」成為左翼革命動員
的符號，昭示著走向工農大眾和無產階級革命，「在社會的總解放
中擔負婦女應負的任務」[19]。1938年茅盾總結五四以來的「娜拉」

---

[15] 《上海民報》6月29日至7月1日，連載了陳鯉庭的〈評《娜拉》〉之演
　　出。《娜拉》演出結束的第二天（30日），《申報‧婦女園地》就刊有署
　　名「茜」的〈看了《娜拉》歸來──便答〈中國的婦女在哪裡呢〉〉。
[16] 參見趙丹：〈我命運中的黑影──藍蘋〉，《地獄之門》，第83頁。
[17] 如〈為自由而戰犧牲〉，《電通畫報》6期，1935年8月；〈我與娜
　　拉〉，《中國藝壇畫報》，1935年9月13日；〈三八婦女節──要求
　　於中國的劇作者〉，《時事新報》，1937年3月8日；〈關心於白薇者
　　的提議〉，《婦女生活》4卷6期，1937年4月；〈從《娜拉》到《大雷
　　雨》〉，《新學論》1卷5期，1937年4月5日。
[18] 戲劇家周貽白1940年以「易喬」的筆名出版了劇作《女性的解放》。劇
　　中部分對話直接采自易卜生的《玩偶之家》，但作者把故事放在了1938
　　年的上海，結尾指出：中國女性要想求解放，只有投身到民族救亡的洪
　　流中去。對「延安道路」中女性的命運及其文學表現的討論，參見賀桂
　　梅：〈「延安道路」中的性別問題──階級與性別議題的歷史思考〉，
　　《南開學報（哲學社會科學版）》2006年第6期。
[19] 郭沫若在〈《娜拉》的答案〉中寫道：「在社會的總解放中爭取婦女自
　　身的解放；在社會的總解放中擔負婦女應負的任務；為完成這些任務不
　　惜以自己的生命作犧牲──這些便是正確的答案。」

命運，認為：「娜拉並沒有成功。中國的『娜拉型』女性演過多少
悲劇，我們是親眼看見的。……這絕不是中國女性太弱，而是因為
中國的社會還沒替出走後的娜拉準備好了『做一個堂堂的人』的環
境。但自然，娜拉空有反抗的熱情而沒有正確的政治社會思想，也
是一個頗大的原因。」[20]正確的政治社會思想，被茅盾作為新女性
命運改變的基礎，「娜拉」需要在「革命之家」中找到新認同。作
為城市女性的「娜拉」形象在這一過程中逐漸黯淡，因為婦女解放
運動的重心從城市轉移到了農村。農村的婦女動員，勞動女英雄的
創造，成為新的議題。這種變化當然超出了文學史甚至也超出了思
想史範疇，而與中國的革命道路呈現出某種同構性的關係。在這個
意義上說，「娜拉」故事是現代中國的一個「民族寓言」。喚醒
「娜拉」，隱喻著「喚醒中國」的文化和政治實踐[21]，關係到現代
中國的「治理」之道。

　　就「娜拉」符號而言，其喻義／寓意的轉變看似激烈，實際上
一開始就埋下了伏筆[22]。在中國的語境中，個人主義話語在興起之

---

[20] 茅盾：〈從《娜拉》說起——為《珠江日報‧婦女週刊》作〉，收《茅
盾全集》第16卷，第140-142頁，北京：人民文學出版社，1988年。

[21] 詹明信（Fredric Jameson）在〈處於跨國資本主義時代中的第三世界
文學〉中提出，「第三世界的文本」「總是以民族寓言的形式來投射
一種政治」。收張旭東編《晚期資本主義的文化邏輯：詹明信批評
理論文選》，第516-546頁，北京：三聯書店，1997年。費約翰（John
Fitzgerald）全面論析了國民革命前後，文學家、政治家和政黨，是如何
將個性意義上的覺醒轉變為民族和階級覺醒，由個人的倫理感化轉化為
政治宣傳。參見《喚醒中國：國民革命中的政治、文化與階級》，尤其
是第二章「一個世界，一個中國：從倫理覺醒到民族解放」，李恭忠等
譯，北京：三聯書店，2004年。

[22] 甘陽在〈自由的理念：五四傳統之闕失面——為「五四」七十周年而
作〉（載《讀書》1989年第5期）一文中，不滿於李澤厚「救亡壓倒啟

初，就不是與民族國家敘事截然對立的，而是民族國家的合理化規劃的一個組成部分。無論是胡適〈易卜生主義〉，還是「娜拉型」的社會問題劇，確實都在著力宣揚個體自由的意義。但這種對於個體自由和解放的宣傳，同時體現出社會動員的功利化追求。把人（包括女性）從傳統的家庭─宗族中「解放」出來，為的是培植新的國民主體，為系統的社會轉變工程提供條件，首先是充足的人力資源條件。引入民族國家的視野之後，我們會發現個性解放話語與民族國家的建構有著密切的內在聯繫。個性解放並不是外在於──反而恰恰是鑲嵌於──國民／公民主體的創制過程的。這與其說是因為知識份子價值觀上的傾向所致，不如說是現代民族國家意識形態的詢喚機制在發揮作用。正如路易‧阿爾都塞（Louis Althusser，1918-1990）所揭示出的，把具體的「個人」（individual）詢喚為具體的「主體」（subject），正是意識形態的根本功能[23]。胡適偏向

蒙」的論述，追問道：「五四知識份子的那種心態是否已潛含著某些導致日後悲劇的危險種子？」在甘陽看來，五四個性解放思潮，「並不是把『個人自由』作為目的本身（這是『個人自由』原則的根本點）提出來的，而是把它當作一種手段提出的。……正因為如此，才會立即出來了所謂「娜拉走後怎樣」這樣的怪問題。本來，娜拉走了就走了，她可以再嫁、可以獨身……這全在她個人的選擇，但在五四則不然，任何行為如果不與社會改造這個大目標相關聯，那就是沒有意義或至少沒什麼大意義，人們所期望的是，娜拉們的出走應意味著一個全新社會的到來。」五四知識份子尋求總體性的「最終解決之道」的心態，使他們沒有把個人自由作為不可讓渡的價值提出。而這，正是「五四傳統之闕失面」。

[23] 阿爾都塞指出：「個人被傳喚為（自由的）主體，為的是能夠自由地服從主體的誡命，也就是說，為的是能夠（自由地）接受這種臣服的地位。」參見〈意識形態與意識形態國家機器〉，收陳越編，《哲學與政治：阿爾都塞讀本》，第320-375頁。福柯也曾談及主體的「隸屬形式」。他認為「主體」有兩種意思：「控制和依賴使之隸屬於他人；良

自由主義的取徑，與陳獨秀、李大釗等人的「激進」改造思路，兩者背後的共通聯繫可以從這裡去考慮。

但是，在中國的「娜拉」故事中也顯現出對於意識形態機制的質疑和批判之聲。魯迅關於「走後」的繼續追問，周作人對於倫理的特殊關切，還有《婦女雜誌》上「第四階級女子問題」的提出，都暴露出詢喚機制本身存在的危機。他們以不同的方式，穿越詢喚機制所製造的幻象，尋找新的空間和可能。而女性們自己的性別書寫，憑藉對於個體身體經驗的執著，憑藉對生命權利的張揚，憑藉情感和慾望力量的釋放，不斷抗拒著被講述／描寫與被本質化的「主體」位置。

而我更關心的是，面對「資本制—民族—國家」三位一體的大圓環，如何從這些質疑和批判之聲中獲得思想資源，把與我們仍然有深切關聯的「娜拉」故事，接著講下去。

---

知或自我認識使之束縛於自身的個性。」兩種意思都表明了一種使之隸屬的權力形式。參見《必須保衛社會》，錢翰譯，第37頁，上海：上海人民出版社，1999年。

附　錄

# 《玩偶之家》在中文世界的傳播表 （1918-1948年）

## 一　翻譯情況[1]

| 譯名 | 譯者 | 出版時間 | 雜誌或出版社 | 備註 |
|---|---|---|---|---|
| 《娜拉》 | 胡適、羅家倫 | 1918年6月 | 《新青年》4卷6號 | |
| 《傀儡家庭》 | 陳嘏 | 1918年10月 | 商務印書館 | 作為「說部叢書」第三集第五十一編，易卜生劇作的第一個中文單行本，一年後即再版 |
| 《娜拉》 | 潘家洵譯、胡適校 | 1921年 | 商務印書館 | 收入《易卜生集》第一卷，年年再版，至1926年已出四版。1931年編入「萬有文庫」再版，1947年編入「新中學文庫」又出四版之多。 |

---

[1]　參考了易新農、陳平原：〈《玩偶之家》在中國的迴響〉，《中山大學學報（哲學社會科學版）》，1984年第2期，第129-130頁，略有補正。

| 《傀儡家庭》 | 歐陽予倩 | 1925年4月19日，4月26日，5月3日 | 《國聞週報》十四至十六期 | 連載 |
|---|---|---|---|---|
| 《娜拉》 | 沈佩秋 | 1937年 | 上海啓明書局 | |
| 《傀儡家庭》 | 芳信 | 1941年8月 | 上海金星書屋 | |
| 《傀儡家庭》 | 翟一我 | 1947年 | 南京世界出版社 | 英漢對照 |
| 《玩偶夫人》 | 沈子復 | 1948年6月 | 上海永祥書店 | 收《易卜生選集》中，包括《玩偶夫人》、《鬼》、《海婦》（《海上夫人》）、《卜克曼》（《約翰·蓋勃呂爾·博克曼》）、《建築師》 |
| 《娜拉》 | 胡伯恩編譯 | 1948年 | 新生命書局 | 「新生命大衆文庫」世界文學故事之八 |

## 二 演出情況[2]

| 時間 | 地點 | 演出團體 | 備註 |
|------|------|----------|------|
| 1923年5月5日 | 北京 | 北京女子高等師範學校理化系女生 | 新民戲園，劇場效果並不好。女演員演男性角色。《晨報副刊》上有多篇討論。 |
| 1924年12月19日 | 北京 | 廿六劇學社 | 由萬籟天等二十六名人藝劇專的學生組成，北京員警廳干預禁演。 |
| 1925年6月 | 上海 | 上海戲劇協社 | 洪深導演，歐陽予倩改編 |
| 1926年10月23-24日 | 上海 | 上海務本女學 | 廿五周年紀念會，由校友會演出 |
| 1928年 | 上海 | 勞動大學 | 遊藝會上演出娜拉，許粵華、張素華等人 |
| 1928年10月17日 | 天津 | 南開新劇團 | 為南開學校二十四周年紀念，南開新劇團上演了張彭春執導的《傀儡家庭》，曹禺扮演娜拉。 |
| 20 年代末 | 上海 | 南國藝術學院 | 課程中，配合電影《娜拉》進行講授 |
| 1934年7月初 | 上海 | 業餘劇人協會 | |

---

[2] 參考英溪：〈易卜生劇在中國何時開始上演〉，《中國現代文學研究叢刊》2003年第2期；咽溪：〈《娜拉》在中國舞臺的初演〉，《中國現代文學研究叢刊》2003年第4期。根據原始報刊有所補充。

| 1935年1月1日至3日 | 南京 | 磨風藝社 | 在陶陶大戲院公演。演後不到一個月，扮演娜拉的南京興中門小學教師女教師王光珍，被學校以「教學不努力」為由開除。戲中幾名同為教師的女演員，也受處分。2月初，王光珍寫信給《新民報》，該報連續五天發表「關於娜拉」的專輯，引起廣泛關注。王後來去了一所鄉鎮小學擔任教師。而本來磨風劇社擬於3月8日以原班人馬在光華大戲院重演《娜拉》；但開演在際，忽又因意外而致停演。不久報上公佈該社負責社員八人「脫離共黨之自首宣言」[3]。 |
|---|---|---|---|
| 1935年 | 濟南 | 民教館 | |
| 1935年 | 上海 | 上海智仁勇劇社 | |
| 1935年 | 上海 | 光華劇社 | |
| 1935年6月 | 上海 | 業餘劇人協會（改名「實驗劇團」） | 導演章泯，舞臺監督萬籟天，主演趙丹、金山、藍萍。演出造成轟動，《申報》有專門討論。1935年甚至被稱為「娜拉年」。 |
| 1941年 | 成都 | 歐陽紅櫻等 | |
| 1948年 | 重慶 | 陪都藝社 | |

---

[3]　參見茅盾：〈《娜拉》的糾紛〉，《茅盾全集》第16卷，第39-41頁，北京：人民文學出版社，1988年；石三友：《金陵野史》，第455-456頁，南京：江蘇人民出版社，1985年。

# 參考文獻舉要

## 基本書獻

《晨報》（及《晨報副鐫》）　　《東方雜誌》　　《婦女評論》

《婦女雜誌》　　　　　　　　　《少年中國》　　《申報》

《小說月報》　　　　　　　　　《新青年》　　　《新月》

阿英：〈易卜生的作品在中國〉，《文藝報》1956年第17期，收《阿英文
　　　集》，香港：三聯書店，1979年。

白薇：《白薇作品選》，長沙：湖南人民出版社，1985年。

蔡元培等：《中國新文學大系導論集》，上海：良友復興圖書印刷公司，
　　　1940年。

曹禺：〈回憶在天津開始的戲劇生活〉，《天津文史資料選輯》第19輯，
　　　天津：天津人民出版社，1982年。

陳東原：《中國婦女生活史》，上海：商務印書館，1937年。

陳獨秀：《陳獨秀文章選編》三冊，北京：三聯書店，1984年。

陳惇、劉洪濤編：《現實主義批判：易卜生在中國》，南昌：江西高校出
　　　版社，2009年。

丁玲：《丁玲全集》第3卷，石家莊：河北人民出版社，2001年。

廣播電影電視部電影局黨史資料徵集工作領導小組、中國電影藝術研究中
　　　心編：《中國左翼電影運動》，北京：中國電影出版社，1993年。

郭沫若：《郭沫若全集·文學編》第6，19卷，北京：人民文學出版社，
　　　1986，1992年。

洪深:〈我們的打鼓時期過了嗎〉,《良友畫報》第108期,1935年8月。

胡適:《胡適文集》,歐陽哲生編,北京:北京大學出版社,1998年。

胡適:《胡適日記全編》第1-3冊,曹伯言整理,合肥:安徽教育出版社,
　　2001年。

胡適:《胡適遺稿及秘藏書信》第37冊,耿雲志主編,合肥:黃山書社,
　　1994年。

胡頌平編著:《胡適之先生年譜長編初稿》(校訂版)第一冊,臺北:聯
　　經出版公司,1990年。

焦菊隱:〈論易卜生〉,《晨報》1928年3月24、28日。

李大釗:《李大釗文集》上下冊,北京:人民出版社,1984年。

劉大杰:《易卜生研究》,上海:商務印書館,1928年。

廬隱:《海濱故人》,上海:商務印書館,1933年。

廬隱:《廬隱代表作》,戴錦華編選,北京:華夏出版社,1998年。

魯迅:《魯迅全集》,北京:人民文學出版社,1981年。

麥惠庭:《中國家庭改造問題》,上海:商務印書館,1935年。

茅盾:〈譚譚《傀儡之家》〉,《文學週報》第176期。

茅盾:《茅盾全集》第8卷「小說八集」,北京:人民文學出版社,1985年。

茅盾:《茅盾全集》第14卷「散文四集」,北京:人民文學出版社,1987年。

茅盾:《茅盾全集》第16卷「散文六集」,北京:人民文學出版社,1988年。

茅盾:《茅盾全集》第18卷「中國文論一集」,北京:人民文學出版社,
　　1989年。

茅盾:《茅盾全集》第19卷「中國文論二集」,北京:人民文學出版社,
　　1990年。

聶紺弩:《蛇與塔》,北京:人民文學出版社,2001年。

歐陽予倩:《自我演戲以來(1907-1928)》,北京:中國戲劇出版社,
　　1959年。

歐陽予倩:《歐陽予倩全集》第1卷,上海:上海文藝出版社,1990年。

潘家洵譯,胡適校:《易卜生集》第一集,上海:商務印書館,1921年。

上海圖書館編:《中國近代期刊篇目匯錄》,上海:上海人民出版社,
　　1979-984年。

宋春舫：《宋春舫論劇》第一集，上海：中華書局，1923年。

田壽昌（田漢）、郭沫若、宗白華：《三葉集》，上海：亞東圖書館，
　　　1920年。

汪原放：《回憶亞東圖書館》，上海：學林出版社，1983年。

夏衍：《夏衍全集》第1-2卷，劉厚生、陳堅編，杭州：浙江文藝出版社，
　　　2005年。

熊佛西：〈論易卜生〉，《文潮月刊》第4卷第5期，上海文潮社。

余上沅編：《國劇運動》，新月書店1927年初版，上海：上海書店，1992
　　　年影印版。

余上沅：《余上沅戲劇論文集》，武漢：長江文藝出版社，1986年。

袁振英：《易卜生社會哲學》，上海泰東書局，1927年。

袁振英：《易卜生傳》第四版，香港受匡出版社，1928年。

易卜生：《易卜生文集》，潘家洵等譯，北京：人民文學出版社，1995年。

張愛玲：〈走！走到樓上去！〉，《雜誌》第13卷第1期，1944年4月。

張靜廬輯注：《中國近現代出版史料》，上海：上海書店出版社，2003年
　　　影印版。

趙丹：《地獄之門》，上海：文匯出版社，2005年。

趙家璧主編，胡適編選：《中國新文學大系‧建設理論集》，上海良友出
　　　版公司1935年初版，上海：上海文藝出版社，2003年影印版。

趙家璧主編，茅盾編選：《中國新文學大系‧小說一集》，同上。

趙家璧主編，魯迅編選：《中國新文學大系‧小說二集》，同上。

趙家璧主編，鄭伯奇編選：《中國新文學大系‧小說三集》，同上。

趙家璧主編，洪深編選：《中國新文學大系‧戲劇集》，同上。

中國話劇運動五十年史料集編委會編：《中國話劇運動五十年史料集》第
　　　一至三輯，北京：中國戲劇出版社，1958-1963年。

中華全國婦女聯合會婦女運動歷史研究室編：《五四時期婦女問題文
　　　選》，北京：三聯書店，1981年。

中華全國婦女聯合會婦女運動歷史研究室編：《中國婦女運動歷史資料
　　　（1921-1927）》，北京：人民出版社，1986年。

周作人：《周作人自編文集》，止庵校訂，石家莊：河北教育出版社，
　　2002年。
朱自清：《朱自清全集》第8卷，南京：江蘇教育出版社，1993年。

## 研究論著

愛德華・薩義德（Edward W. Said）：《文化與帝國主義》，李琨譯，北
　　京：三聯書店，2003年。
安敏成（Marston Anderson）：《現實主義的限制：革命時代的中國小
　　說》，姜濤譯，南京：江蘇人民出版社，2001年。
本雅明（Walter Benjamin）：《啟迪：本雅明文選》，漢娜・阿倫特編，張
　　旭東、王斑譯，香港：牛津大學出版社，1998年。
柄谷行人：《日本現代文學的起源》，趙京華譯，北京：三聯書店，2003年
布迪厄（Pierre Bourdieu）：《藝術的法則——文學場的生成和結構》，劉
　　暉譯，北京：中央編譯出版社，2001年。
陳白塵、董健編著：《中國現代戲劇史稿》，北京：中國戲劇出版社，
　　1989年。
陳建華：《「革命」的現代性：中國革命話語考論》，上海：上海古籍出
　　版社，2000年。
陳平原：《觸摸歷史與進入五四》，北京：北京大學出版社，2005年。
陳瘦竹：《易卜生「玩偶之家」研究》，上海：新文藝出版社，1958年。
戴錦華：《涉渡之舟——新時期中國女性寫作與女性文化》，西安：陝西
　　人民教育出版社，2002年。
德里克（Arif Dirlik）：《革命與歷史——中國馬克思主義歷史學的起源，
　　1919-1937》，翁賀凱譯，南京：江蘇人民出版社，2005年。
杜贊奇（Prasenjit Duara）：《從民族國家拯救歷史：民族注意話語與中國
　　現代史研究》，王憲明等譯，北京：社會科學文獻出版社，2003。
費正清（John King Fairbank）編：《劍橋中華民國史》上卷，劉敬坤等譯，
　　北京：中國社會科學出版社，1993年。

費約翰（John Fitzgerald）：《喚醒中國：國民革命中的政治、文化與階級》，李恭忠、李里峰譯，北京：三聯書店，2004年。

福柯（Michel Foucault）：〈什麼是啟蒙〉，汪暉譯，收入汪暉、陳燕谷編《文化與公共性》，北京：三聯書店，1998年。

福柯：《知識考古學》，謝強、馬月譯，三聯書店，1998年。

福柯：《詞與物：人文科學考古學》，莫偉民譯，上海：上海三聯書店，2001年。

甘陽：〈自由的理念：五四傳統之闕失面——為「五四」七十周年而作〉，《讀書》1989年第5期。

高利克（Marian Galik）：《中西文學關係的里程碑》，伍曉明等譯，北京：北京大學出版社，1990年。

高力克：《五四的思想世界》，上海：學林出版社，2003年。

高中甫編：《易卜生評論集》，北京：外語教學與研究出版社，1982年。

格里德（Jerome Grieder）：《胡適與中國的文藝復興》，魯奇譯，南京：江蘇人民出版社，1989年。

格爾茲（Callifford Geertz）：《文化的解釋》，韓莉譯，南京：譯林出版社，1999年。

耿雲志編：《胡適年譜》，成都，四川人民出版社，1989年。

耿雲志主編：《胡適研究叢刊》第二輯，北京：中國青年出版社，1996年。

哈樂德・克勒曼：《戲劇大師易卜生》，蔣嘉等譯，長沙：湖南人民出版社，1985年。

賀桂梅：《人文學的想像力：當代思想文化與文學問題》，開封：河南大學出版社，2006年。

黃梅：《推敲「自我」：小說在18世紀的英國》，北京，三聯書店，2003年。

黃宗智主編：《中國研究的範式問題討論》，北京：科學文獻出版社，2003年。

雷蒙德・威廉斯（Raymond Williams）：《文化與社會》，吳松江、張文定譯，北京：北京大學出版社，1991年。

雷蒙德・威廉斯：《關鍵詞：文化與社會的詞彙》，劉建基譯，北京：三聯書店，2005年。

李歐梵：《鐵屋中的吶喊》，尹慧瑉譯，長沙：嶽麓書社，1999年。

李澤厚：《中國現代思想史論》，天津：天津社會科學院出版社，2003年。

列文森（Joseph R. Levenson）：《儒教中國及其現代命運》，鄭大華等譯，北京：中國社會科學出版社，2000年。

林毓生：《中國意識的危機：「五四」時期激烈的反傳統主義》（增訂本），穆善培譯，貴陽：貴州人民出版社，1988年。

劉禾：《跨語際實踐──文學，民族文化與被譯介的現代性（中國，1900-1937）》，宋偉傑等譯，北京：三聯書店，2002年。

劉思謙：《「娜拉」言說──中國現代女作家心路紀程》，上海：上海文藝出版社，1993年。

路易‧阿爾都塞（Louis Althusser）：《哲學與政治：阿爾都塞讀本》，陳越編，長春：吉林人民出版社，2003年。

羅崗：《危機時刻的文化想像──文學‧文學史‧文學教育》，南昌：江西教育出版社，2005年。

羅久蓉、呂妙芬編：《無聲之聲Ⅲ：中國近代的婦女與文化，1600-1950》，臺北：中央研究院近代史研究所，2003年。

羅志田：《激變時代的文化與政治：從新文化運動到北伐》，北京：北京大學出版社，2006年。

孟悅、戴錦華：《浮出歷史地表──現代婦女文學研究》，北京：中國人民大學出版社，2004年。

普實克（Jaroslav Prusek）：《普實克中國現代文學論文集》，李燕喬等譯，長沙：湖南文藝出版社，1987年。

錢理群：《與魯迅相遇》，北京：三聯書店，2003年

錢理群：《周作人研究二十一講》，北京：中華書局，2004年。

秦弓：〈易卜生熱──五四時期翻譯文學研究之二〉，《中國社會科學院研究生學報》2003年第4期。

斯圖爾特‧霍爾（Stuart Hall）編：《表徵──文化表像與意指實踐》，徐亮等譯，北京：商務印書館，2003年。

莎樂美（Lou Andreas-Salome）：《閣樓裡的女人：莎樂美論易卜生筆下的女性》，馬振騁譯，上海：華東師範大學出版社，2005年。

舒蕪：《周作人的是非功過》（增訂本），瀋陽：遼寧教育出版社，
　　2000年。

孫柏：〈百年中國文化語境（1907-2006）中的易卜生〉，《博覽群書》
　　2007年第2期。

陶慶梅：〈易卜生的悖論〉，《中國圖書評論》2007年第1期。

唐小兵編：《再解讀：大眾文藝與意識形態（增訂版）》，北京：北京大
　　學出版社，2007年。

汪暉：〈預言與危機：中國現代思想中的五四啟蒙運動〉，《文學評論》
　　1989年第3-4期。

汪暉：《現代中國思想的興起》下卷，北京：三聯書店，2004年。

王寧編：《易卜生與現代性：西方與中國》，天津：百花文藝出版社，2001年。

王寧、孫建主編：《易卜生與中國：走向一種美學建構》，天津：天津人
　　民出版社，2004年。

夏曉虹：《晚清女性與近代中國》，北京：北京大學出版社，2004年。

許寶強、袁偉編：《語言與翻譯的政治》，北京：中央編譯出版社，
　　2001年。

許慧琦：《「娜拉」在中國：新女性形象的塑造及其演變，1900s-1930s》，
　　臺北：國立政治大學歷史系，2003年。

許慧琦：〈梁啟超與胡適的女性論述及其比較初探〉，《清華學報》，新
　　第27卷第4期（2007年12月），頁423-458。

許紀霖編：《二十世紀中國思想史論》，上海：東方出版中心，2000年。

顏海平：《中國現代女性作家與中國革命，1905-1948》，季劍青譯，北
　　京：北京大學出版社，2011年。

伊藤虎丸：《魯迅、創造社與日本書學——中日近現代比較文學初探》，
　　孫猛、徐江等譯，北京：北京大學出版社，2005年。

易新農、陳平原：〈《玩偶之家》在中國的迴響〉，《中山大學學報（哲
　　學社會科學版）》1984年第2期。

余英時：《中國思想傳統的現代詮釋》，南京：江蘇人民出版社，1989年。

余英時：《重尋胡適歷程：胡適生平與思想再認識》，桂林：廣西師範大
　　學出版社，2004年。

詹明信（Fredric Jameson）：《晚期資本主義的文化邏輯：詹明信批評理論文選》，張旭東編，陳清僑等譯，北京：三聯書店，1997年。

張旭東：《全球化時代的文化認同：西方普遍主義話語的歷史批判》（第二版），北京：北京大學出版社，2006年。

周策縱：《五四運動史》，陳永明等譯，長沙：嶽麓書社，1999年。

周慧玲：《表演中國：女明星，表演文化，視覺政治，1910-1945》，臺北：麥田出版社，2004年。

竹內好：《近代的超克》，孫歌編，李冬木等譯，北京：三聯書店，2005年。

村田雄二郎編：《〈婦女雜誌〉からみる近代中國女性》，東京：研文出版，2005年。

Anderson, Benedict. *Imagined Community:Reflections on the Origin and Spread of Nationalism*, London: Verso,1991.

Chow, Tse-tsung. The May Fourth Movement: Intellectual Revolution in Modern China, 1915-1924, Cambridge, Mass.: Harvard University Press, 1963.

Larson, Wendy. *Women and Writing in Modern China*, Stanford, Calif.: Stanford University Press, 1998.

彭小妍："The New Woman: May Fourth Women's Struggle for Self-Liberation,"《中國文哲研究集刊》6期（1995年3月），第259-337頁。

Chang, Shuei-may.*Casting off the Shackles of Family: Ibsen's Nora Figure in Modern Chinese Literature,1918-1942*, New York:Peter Lang Publishing,Inc., 2004.

Foucault, Michel. *History of Sexuality, Vol. 1*, trans. by Robert Hurley, New York: Random House, Inc., 1990.

Hu, Ying, Tales of Translation: *Composing the New Women in China,1899-1918*, Stanford, Calif.: Stanford University Press，2000.

Jusdanis, Gregory. *Belated Modernity and Aesthetic Culture: Inventing National Literature*, Minneapolis: University of Minnesota Press, 1991.

Lee, Haiyan. "All the Feelings That Are Fit to Print: The Community of Sentiment and the Literary Public Sphere in China,1900-1918," *Modern China*, Vol.27, No.3(July 2001), pp.291-327

Reed, Christopher A. *Gutenberg in Shanghai: Chinese Print Capitalism, 1876-1937,* Vancouver, BC:University of British Columbia Press, 2004.

Schwarcz, Vera. The Chinese Enlightenment: Intellectuals and the Legacy of the May Fourth *Movement of 1919,* Berkeley:University of California Press, 1990.

Tam, Kwok-kan. *Ibsen in China 1908-1997: A Critical Annotated Bibliography of Criticism, Translation and Performance,* New York: Columbia University Press, 2001.

Wang, Zheng. *Women in the Chinese Enlightenment: Oral and Textual Histories,* Berkeley, Los Angeles, and London: University of California Press, 1999.

# 後　記

　　這篇論文寫得我蠻狼狽，動筆本來就晚了，寫作中電腦莫名其妙崩潰，部分寫好的章節蕩然無存，心緒為之大壞。到終於敲下論文最後一個字時，竟沒有想像的輕鬆和欣喜，反倒是沉重的疲憊感湧上心來。

　　平時好亂翻書，大概是在大學三年級讀到過這樣一段話：「雅觀而無擇，濫閱而少思，其失也博而寡要；考古人之言行，意常退縮不敢望，其失也懦而無立；纂鈔史籍之故實，一未終而屢更端，其失也勞而無成；聞人之長，惟恐不及，將疾趨從之而輒出其後，其失也欲速而過高；好學為文，未能蓄其體，經術隱奧，茫乎其無所適從，泛然而無所關決，是又失之甚者也。」當時並沒有「學術規範」的意識，忘了記下出處，但這一條一條帶給我的震驚感卻實在不小。反省一下，好些「學弊」，自己都可以「對號入座」。彼時的不安和恐懼，今日仍記憶猶新。

　　這幾年來，自問對學術的熱情並未因為外部世界的喧囂和躁動而減少半分；那些個在閱讀和寫作中悄然已逝的深夜，也多少見證了自己的些微努力和辛勞。但是原來的習氣和侷限，未見有克服和突破的跡象。思考能力和知識狀況長久地停留在舊有水準，難有新的深入進展。即或略有所得，也都不如人意。每每有師友問及近況，或者說看到我的什麼文章見刊，就愈發心虛得緊，很怕辜負了他們的期待。其實最難面對的還不是別人，而是自己，是自知之

明、自我反省乃至自慚形穢。它們潛滋暗長，頻來相襲，讓人無法
迴避，無處遁逃。

　　一個人只要願意認真地活著，誠實地面對自己，一定會遭遇
生存意義、生命價值這樣一些根本性的問題，而你的行動在很大程
度上也正是對於所信奉、看重的生活與意義的確證。我們這批生於
七十年代末、八十年代初的一代人，並不像我們的老師輩那樣，身
上攜帶著1980年代「新啟蒙」、「文化熱」的歷史經驗。伴隨著我
們成長的，恰恰是中國迅速的市場化進程。在新意識形態的籠罩
下，資本邏輯所打造的單一化「精彩」生活模式在全社會鋪展開
來。具有反思性和批判性的人文學術，已經徹底地邊緣化了。在普
遍性的浮躁和虛華中，如果還願意選擇並堅守這個沒有「前途」的
行當，把它作為自己的未來方向，那一定是因為學術對於你有著樸
素然而致命的吸引，一定是因為你感到學術和自己的人生意義發生
了密切的關聯。正是這種內在連帶，使得你可以忍受物質生存的貧
乏，可以無視流行風氣的惡俗，去想像和創造另外一種「精彩」。
既然如此，當你遭遇一個明顯的落差——一面是把「學術作為一種
志業」的自覺選擇，另一面是乏善可陳的自我表現，兩相比較，很
難不在心底生出焦慮和悲觀，甚而會懷疑起生命的虛擲吧。

　　為學之難，並不是什麼新鮮話題了。顧炎武曾論著書之難，
謂「必前人之所未及就，後世之所必不可無，而後為之」。若拿這
個標準來衡量，古今中外大部分著作，原本就可以不寫。然而，學
術中的「垃圾製造」古已有之，於今為烈。當下中國學院內刻板的
專業建制，數目字化的學術評價體系以及現實利益的刺激，更體制
化地加劇了「垃圾製造」的規模。這是不爭的事實，卻並不能成為
學人隨波逐流的理由。相反，愈是意識到和不滿於這種學術生產狀

況，愈是應當拒絕苟且，踏實讀書，認真寫作，追求厚重，警惕自己的研究和寫作也變成無意義的「泡沫」。學術沒有固定樣子，但很多學術經典有著讓人追慕的共同方面。我一直很喜歡王元化先生所說的「有思想的學術，有學術的思想」，私心裡也作為追求的目標。當然遠遠超過了一己能力，但到底還願意心嚮往之。

　　為學之難，還出於對一個更本體的問題的追問：學術是為了什麼？什麼才是學術中的真精神？這牽涉到學術與政治的關係，學術的獨立性，學術在現代社會的結構位置，學者和知識份子的文化認同等一系列相互糾纏的問題，不是短短篇幅能討論清楚的，而且會因為各人立場和趣味的不同而人言言殊。至少有一點，很多人都承認，學術不應該只是一種用來交換的「物」，或是一個封閉僵化的體系。正如理論的意義在於開啟而非封閉想像力的空間，同樣，學術也應該追求打通而非隔絕歷史與當下，文本與人生。北大校友傅斯年在《〈新潮〉發刊旨趣書》中有「以吾校真精神喻於國人」之語，我曾由此略作發揮：

> 我們特別願意以這樣的「真精神」作為自己在學術道路之始的自我勉勵，並力求將之體現在我們的學術研修過程和習作中。且不論這「真精神」是蔡元培執著的「思想自由、相容並包」，還是魯迅在意的「常為新的，改進運動的先鋒」，還是「追求自由的天性」，抑或「明其道不計其功」，甚至「日常生活」中的軼事與風采。總之，它是與不甘平庸，生氣淋漓，洞察大局，熱忱相向的精神氣象和追求分不開的。切入時代症候，直面社會難題，豐富精神世界，重建文化自覺，在在都是「宏大敘事」。不過，倘若認定了學術與社會

歷史、主體生命之間存在著無法割裂的交互關聯；那麼，對
此不避其大，不逃其重，也就是理所當然的了。在我們看
來，關起門來，「為學術而學術」，實在只是一種想像。而
把學術當作劃定界限裡的「技術活」或者謀生工具，放棄了
學術本身所具有的思想關懷和生命安頓的作用，更會導致學
術研究的僵化、鈍化和貧困化。學之為學，哪裡可以離開世
道人心，可以沒有對「另一個世界」的想像？（《北京大學
研究生學志》「卷首語」，2006年第2期）

對於學術目的的追問，不應當簡單等同於要求學術具有直接的現實
功利作用，也不應當被誤解為康有為「以經術作政論」式的取消學
術獨立性。重提學術與人生的關聯，是希望啟動學術與生活世界之
間開放性的互動關係。在傳統中國，「為天地立心，為生民立命，
為往聖繼絕學，為萬世開太平」本是一個不可分割、融貫為一的整
體，也是儒者安身立命的根基。經過脫魅再脫魅，如果在現代的知
識體制規範下，學術中的那些情懷和擔當都不見了，只剩下純粹的
知識、課題、技能與「專業精神」、「崗位意識」，學者僅僅滿足
於在他被劃定的「位置」中匠人似的進行「生產」，那麼人文學術
的生機和活力也就徹底喪失了。正如陳平原老師所說：「沒有壓在
紙背的人生經驗和社會關懷，不是理想的學術狀態。對於與日常生
活密切相關，很容易召喚批判精神與社會責任感的『現代文學』學
科來說，尤其如此。」（〈重建「中國現代文學」〉，《現代中
國》第八輯，北京大學出版社，2007年）真正進入中國現代文學歷
史世界的研究者，都不會犧牲現代文學本身所提供的思想關懷和精
神資源，不會以「古典學術規範」的條條框框遮罩掉現代文學研究

的歷史感和洞察力。起碼在我，研究不僅是為了勘探中國經驗，從中觸摸中國現代性及其困境，而且也期待接通前人的探索，獲得滋養和「大智慧」，幫助自己建立一個穩固的精神支點，進而回應當下的思想文化問題。畢竟，做本國的研究，有沒有真關懷，是不是「操心」（Sorge）──借用海德格爾的詞，──才是決定學術最終能走多遠的關鍵。

　　所以在「關懷」前面特意加上「真」字，是因為現實的觸發。今天有很多知識份子，他內心信仰的東西和他竭力宣揚的東西是不同的，他在公共場合的言說與他在私人領域的作為是分裂的，他的知識立場和生命態度是兩條道上跑的馬車，他對於問題的解釋和反應往往只能是臨時性和不斷遊移的。我以為，其中很多人並非有意要作「偽士」。時代的車轟轟地往前開，堅固的東西一點點煙消雲散，加上後結構主義理論的洗禮，要重建一個統一穩固的思想立場，並能夠身心一致，確實是如此的困難重重。沒有人活在抽象的空氣中，個體／大眾，主流／邊緣，專業／業餘，介入／固守，利益／道義，顯白／隱微，生存／存在之間的張力，無法輕鬆打發。但是，我經常會想到美國的知識份子薩義德（Edward W. Said），他的「知識份子」論說和帝國主義的研究，如果不是與他本人「作為」知識份子的親身履踐，與他對公平、正義、真理、詩意的迫切籲求互相照亮，怕也沒有這麼大的魅力和意義。更不用提認定「無窮的遠方，無數的人們，都和我有關」的魯迅了。在他身上，那種內部掙扎和抵抗顯得更為突出。竹內好寫《魯迅》，反覆用到「掙扎」一詞，描述魯迅的「回心」而非「轉向」：「他不退讓，也不追從。首先讓自己與新的時代對陣，以『掙扎』來滌蕩自己，滌蕩之後，再把自己從裡面拉將出來。……但是，他被『掙扎』滌蕩過

一回之後，和以前也並沒什麼兩樣。在他身上，不存在思想進步那種東西。」（《魯迅》，李冬木譯，收孫歌編《近代的超克》，三聯書店，2005年）。魯迅始終是處在歷史的緊張「瞬間」之中，與中國現代史共同「搖擺」，通過不斷的自我否定而達到自我實現的。今日置身於中國社會轉型的「大時代」，認真思考和寫作的人，恐怕也無可避免這樣的內在「掙扎」。如何理解當代中國的困境、危機與機遇，如何在全球化的條件下做中國人，如何尋覓更經得起批判的立場，如何知行合一，重建統一的個人生活？正是由這些念茲在茲的真問題所促生的「掙扎」，才最終增加了學術的難度吧。

學術如此艱難，而資質和準備都無法使我有足夠的信心。未來求學路上，受挫和沮喪的心緒也許還會沒完沒了地纏繞自己。但儘管對於艱難的意識有時不免成為一種重負，我還願意敝帚自珍。如果出於畏懼就輕言放棄或就此躺倒，那未免太怯懦了。好在學術是來日方長的事，允許人慢慢長進。

修習路上已有的粗淺印跡中，都傾注著老師們的心力。首先要感謝導師陳平原先生。從遊三年我從陳老師這裡學到了很多。不僅是現代文學、現代學術以及大學教育等研究領域中具體的視野和方法，更在於對具體歷史時空中生命現實感的發掘與彰顯。感謝陳老師的諄諄教誨，還有在論文初稿上留下的修改意見。師母夏曉虹先生關於晚清女性問題的精彩論著，為我的研究提供了很好的示範。王楓老師給了我很多直接的指導，這一年半他身在日本，但仍然持續關心著我的學業和論文。為人和學問皆有上佳口碑的吳曉東老師對我照顧良多，很多想法都得到了他的鼓勵，曉東師的謙和、寬厚和認真，是我未名湖記憶中少不了部分。賀桂梅、李楊老師也常垂顧學業，在學期間受到他們很多關照。

　　華東師大倪文尖和羅崗兩位老師的幫助，不是一個「謝」字所能了得的。文尖師對我的瞭解、信任與期待，某種意義上甚至超過了我自己。他把培養學生看得比自己的學術重要得多，這在今日學界恐怕是頗少見的。我算是受他影響較深的一員，在每一個「危機時刻」他又予我以及時、有益和關鍵的引導與指教。也許有朝一日「影響的焦慮」是需要重視的問題，但他面對自我的誠實和清白健康的人生態度，真讓我嚮往。羅崗老師的理論修養和博聞強志，我們向來只有嘆服的份。他的「不屈不撓的博學」，強烈地感染和帶動著周圍人。特別讓我感念的，還有王曉明老師，他一直關心著我的修習進展，多有指教；毛尖老師，她毫不推辭地給我許多熱忱的幫助，每次讀到她那些或犀利或曼妙的短文，深感好些長篇大論真的可以休矣；以及諸位在課堂、在讀書會，在漫談、在著作中讓我受益、受教的師長們。

　　除了師長的教誨，友朋的深情厚意也是我寶貴的財富。我不詳細列出他們的名字了，但我珍惜我們這一代人休戚與共的經驗和在「惘惘的威脅」之下的痛楚。在京三年，現代文學專業同級的同學親如手足，互相砥礪，一起去玉淵潭看櫻花，到司馬台爬長城，在北戴河的沙灘上曬太陽，那些吉光片羽會常留腦海。《北京大學研究生學志》同道諸君的銳氣、才情和擔當意識，賦予我置身於這一集體的光榮和「商略舊學，融會新知」的快慰，研究生生活因為有了這個開放的討論空間和交流平臺而變得更為充實。在越來越缺少公共生活的消費主義語境下，能和周圍朋友聲氣相通，是何其幸運的事情。

　　最後，感謝我的父母張家生和戚慧雲。這幾年我從長江邊的蕪湖到上海，從上海來北京，後面還要南下香港，負笈奔波，輾轉天

涯。父母的養育之恩和無微不至的關愛，我一直無法好好回報。他們獨自肩負著後社會主義時代裡的艱辛，打消我的世俗擔憂，對我的選擇給予了最大的理解和支持，這篇論文獻給他們。同時獻給已經於2005年離去的祖父，最早的文化啟蒙來自祖父張文松。屋外樹下識字背詩的場景，在我一生中會長久地追憶。

　　窗外是空曠的暢春公園，靜謐的夜裡，想到馮至《十四行集》的最後一首：

> 從一片氾濫無形的水裡
> 取水人取來橢圓的一瓶，
> 這點水就得到一個定形；
> 看，在秋風裡飄揚的風旗，
>
> 它把住些把不住的事體，
> 讓遠方的光、遠方的黑夜
> 和些遠方的草木的榮謝，
> 還有個奔向遠方的心意，
>
> 都保留一些在這面旗上。
> 我們空空聽過一夜風聲，
> 空看了一天的草黃葉紅，
> 向何處安排我們的思、想？
> 但願這些詩像一面風旗，
> 把住一些把不住的事體。

　　「文章千古事，得失寸心知。」雖然瑣碎冗長的論文與自己的滿意之間橫亙著距離，但總是希望它能「把住一些把不住的事體」吧。

2007年5月28日夜於京西暢春園

　　這本小書的原型是我2007年夏提交給北京大學的碩士論文，在答辯時也得到了老師們的不吝鼓勵。這幾年來，論文的部分章節曾經在以下一些學術刊物上發表：《現代中國》、《文藝理論與批評》、《南京師範大學文學院學報》、《漢語言文學研究》、《書屋》、《粵海風》、《棗莊學院學報》、《石河子大學學報》、《現代中國文學論壇》等，有的還被《中國社會科學文摘》、《人大複印報刊資料·中國現當代文學研究》、《人大報刊複印資料·現當代文學文摘卡》全文或摘要轉載。借此機會，我要謝謝這些刊物的主編或編輯，他們是：陳平原、王楓、李雲雷、何宏玲、孟慶澍、劉文華、徐南鐵、張伯存、李平、張麗軍、黃維政、張潔宇等。

　　2009年春去臺北開會，遇到任教於臺灣東海大學的許慧琦女史。我做論文時就得悉她的博士論文也是關於娜拉的，但因為是在臺灣出版的，一直沒能讀到。承慧琦惠贈大著《「娜拉」在中國：新女性形象的塑造及其演變，1900s-1930s》，認真拜讀後，深感她在材料上所下功夫遠超過我。這次修改，我也順著她大著的提示補充了數則材料。後出轉精當然不適用於本書，但我對前人研究所下功夫確實充滿著敬意。近幾年，北京師範大學的楊聯芬老師對這個

論題也多有討論，她的研究當更值得關注。

　　這次成書，我對論文基本沒有做過多修改。這本小書不過是一個階段的研習狀況的反映，一定有很多不完善之處，讓讀者、也讓我自己不滿意。不過，這無形中也可以成為一種鞭策，令人心安的、更好的研究，永遠在將來。

　　如果沒有中國藝術研究院的張慧瑜兄和陳均兄的熱心推薦，沒有秀威資訊蔡登山先生的欣然接納，這本書的出版是不可能的。蔡先生製作的現代文學大家的紀錄片，還有他關於現代文學的諸多著作，都曾讓我受益。近年來他又樂做「知識的推手」，幫助出版年輕人的研究成果，很感謝他。也謝謝劉璞編輯所作的很多細緻的工作。最後還想以這本小書紀念2008年過世的祖母程明潔，我永遠記得她二十多年來對我的關愛。

2012年11月26日於香港大埔補記

新銳文叢32　PG0947

新 銳 文 創
INDEPENDENT & UNIQUE

思想史視野中的「娜拉」
——五四前後的女性解放話語

作　　者　　張春田
主　　編　　蔡登山
責任編輯　　劉　璞
圖文排版　　王思敏
封面設計　　王嵩賀

出版策劃　　新銳文創
製作發行　　秀威資訊科技股份有限公司
　　　　　　114 台北市內湖區瑞光路76巷65號1樓
　　　　　　電話：+886-2-2796-3638　傳真：+886-2-2796-1377
　　　　　　服務信箱：service@showwe.com.tw
　　　　　　http://www.showwe.com.tw
郵政劃撥　　19563868　戶名：秀威資訊科技股份有限公司
展售門市　　國家書店【松江門市】
　　　　　　104 台北市中山區松江路209號1樓
　　　　　　電話：+886-2-2518-0207　傳真：+886-2-2518-0778
網路訂購　　秀威網路書店：http://www.bodbooks.com.tw
　　　　　　國家網路書店：http://www.govbooks.com.tw
法律顧問　　毛國樑　律師
圖書經銷　　貿騰發賣股份有限公司
　　　　　　235 新北市中和區中正路880號14樓
　　　　　　電話：+886-2-8227-5988　傳真：+886-2-8227-5989

出版日期　　2013年4月　BOD一版
定　　價　　240元

**國家圖書館出版品預行編目**

思想史視野中的「娜拉」：五四前後的女性解放話語 /
張春田著. -- 一版. -- 臺北市：新銳文創, 2013.04
　　面；　公分. --（新銳文叢32；PG0947）
BOD版
ISBN　978-986-5915-70-4（平裝）

1. 五四新文學運動　2. 中國當代文學

820.9082　　　　　　　　　　　　102004647

# 讀者回函卡

感謝您購買本書，為提升服務品質，請填妥以下資料，將讀者回函卡直接寄回或傳真本公司，收到您的寶貴意見後，我們會收藏記錄及檢討，謝謝！如您需要了解本公司最新出版書目、購書優惠或企劃活動，歡迎您上網查詢或下載相關資料：http:// www.showwe.com.tw

您購買的書名：_____

出生日期：_____年_____月_____日

學歷：□高中 (含) 以下　　□大專　　□研究所 (含) 以上

職業：□製造業　□金融業　□資訊業　□軍警　□傳播業　□自由業
　　　□服務業　□公務員　□教職　　□學生　□家管　　□其它_____

購書地點：□網路書店　□實體書店　□書展　□郵購　□贈閱　□其他

您從何得知本書的消息？

　　□網路書店　□實體書店　□網路搜尋　□電子報　□書訊　□雜誌

　　□傳播媒體　□親友推薦　□網站推薦　□部落格　□其他_____

您對本書的評價：(請填代號　1.非常滿意　2.滿意　3.尚可　4.再改進)

　　封面設計____　版面編排____　內容____　文／譯筆____　價格____

讀完書後您覺得：

　　□很有收穫　□有收穫　□收穫不多　□沒收穫

對我們的建議：_____

_____

_____

_____

11466
台北市內湖區瑞光路 76 巷 65 號 1 樓

**秀威資訊科技股份有限公司** 　　收

BOD 數位出版事業部

......................................................................................

（請沿線對折寄回，謝謝！）

姓　　名：＿＿＿＿＿＿＿＿　年齡：＿＿＿＿　性別：□女　□男

郵遞區號：□□□□□

地　　址：＿＿＿＿＿＿＿＿＿＿＿＿＿＿＿＿＿＿＿＿＿＿

聯絡電話：(日)＿＿＿＿＿＿＿＿＿(夜)＿＿＿＿＿＿＿＿＿

E-mail：＿＿＿＿＿＿＿＿＿＿＿＿＿＿＿＿＿＿＿＿